Le passage de l'été

DU MÊME AUTEUR :

Le Rêve brisé des working girls : comment éviter les pièges, Fayard, 2013.

Le monde à nos pieds, JC Lattès, 2019 ; J'ai lu, 2021.

CLAIRE LÉOST

Le passage de l'été

ROMAN

J'AI LU

Pour mes parents
Pour tous les Bretons qui, un jour, sont partis

Enfance mon amour, n'était-ce que cela ?
Qu'y avait-il alors qu'il n'y a plus ?

Saint-John PERSE

File là-haut, ta fille ici-bas
Veille sur les flammes, Papa

Camille

Montparnasse – Bienvenüe

Paris, 2015

Pendant vingt ans, Hélène réussit l'exploit de ne pas mettre les pieds en Bretagne, ni même dans sa péninsule parisienne, la gare Montparnasse. Elle connaît tous les itinéraires qui contournent l'édifice et ses alentours. La peur qu'un visage, un accent, une odeur, ne lui sautent à la gorge. Trop de souvenirs. Heureux puis malheureux. De colère au goût de cendre.

Saint-Germain, répond-elle, d'un ton détaché, quand on lui demande d'où elle vient, avant de passer à autre chose. Comme si ça n'avait pas existé.

Et pourtant.

C'est là que tout avait commencé, et là que tout s'était arrêté. Et c'est vers là qu'elle retourne pour la première fois. Montparnasse – Bienvenüe, lit-elle en arrivant à la station de métro pour prendre son train. Bienvenue ? Ça restait à voir.

Après les événements, la fuite s'était imposée comme une évidence. Quand la catastrophe s'abat, tous ces sommets infranchissables – quitter son nid, abandonner les siens, partir vers l'inconnu – semblent tout à coup faciles, légers comme le duvet d'un oiseau.

Mais deux morts, pour devenir une vraie Parisienne, sans attaches ni accent, c'était cher payé.

Le Bois d'en Haut

Août 1994

Vingt ans plus tôt, le jour de la saint Fiacre, Hélène enterrait ses morts dans la chapelle de Notre-Dame-des-Cieux, dressée à mi-hauteur du village. Deux enterrements le même jour, au Bois d'en Haut, bourg de sept cents âmes, on n'avait pas vu ça depuis la guerre.

Dame oui, un sacré coup du sort, avait déploré le maire, en saluant la grand-mère d'Hélène, avant de rejoindre les hommes au bistrot. Comme si le sort avait quelque chose à voir là-dedans.

D'une certaine façon, c'était du gâchis, deux enterrements coup sur coup, on perdait une occasion de s'en j'ter un p'tit. Le cercueil du père d'Hélène, en hêtre avec poignées zamak, précédait celui de Marguerite, en acajou et poignées laiton. Dans l'air tendre de la fin du mois d'août, les pensées de la veuve Tanguy, comprimée dans sa robe en velours couleur corbillard, flottaient au-dessus de l'assemblée : *un bois luxueux, même dans la tombe, elle fait son intéressante, celle-là.*

D'abord, les funérailles du père d'Hélène. Dans l'église, pleine comme un panier de noix, Hélène voyait pour la toute première fois ses deux grands-mères réunies. Alexine, sa grand-mère maternelle, agenouillée en prière, le corps voûté, secoué de brefs sanglots. À l'autre bout de la rangée, sa grand-mère paternelle, visage de cire, yeux secs, vêtue d'un long manteau noir malgré la chaleur. Pas un regard pour Alexine, *quelle honte de se donner ainsi en spectacle*, elle devait penser. Hélène et sa petite sœur Françoise, bougie à la main, raides comme des candélabres, près du cercueil face à la nef pendant le sermon interminable du prêtre.

Et puis, dans une église subitement dépeuplée, la messe pour Marguerite. Au premier rang, Lilly, sa fille, dix ans, accoutrée d'une robe lilas achetée pour l'occasion, à côté de son père, Raymond. Peu habituée à rester immobile, elle laissait tomber à intervalles réguliers une bille de sa poche et se contorsionnait pour la repêcher sous les repose-pieds.

Hélène se trouvait juste derrière, avec sa mère et quelques élèves de sa classe. C'était pour eux que Raymond avait accepté l'organisation d'une cérémonie au village. Mais ensuite, le cercueil partirait loin d'ici.

De l'autre côté de l'allée centrale, la veuve Tanguy n'essayait même pas de cacher sa jubilation :

l'ordre enfin était revenu au village. À aucun prix elle n'aurait raté ce moment, et toutes ces choses à raconter aux voisines. « Celle-là, le jour où on la verra plus derrière un cercueil, c'est qu'elle sera dedans », avait marmonné la mère d'Hélène, le nez dans son missel.

Le prêtre avait enchaîné les deux sermons, à peu près identiques, en avalant les syllabes, comme un élève débite une poésie apprise par cœur, indifférent à la signification des mots. Quand il s'emmêla dans son texte, Hélène crut entendre le soupir de Marguerite et sa voix rauque protester : *ar-ti-cu-lez, c'est pas difficile, et faites des pauses, comptez trois crocodiles entre chaque phrase.*

À vrai dire, personne n'avait envie de prendre son temps, ni de réciter des poèmes. « Surtout, pas de vagues », dit la mère d'Hélène à sa fille, à la sortie de l'église. « Attention à ne pas jaser, confirma sa grand-mère, c'est pas le jour. » La pluie dispersa le menu troupeau en quelques secondes, et chacun retourna se claquemurer derrière ses murs en granite ou parpaings, des fois que le fantôme de Marguerite viendrait réclamer des comptes.

« Je ne veux plus rien avoir à faire avec vous », avait lancé Raymond, en guise d'adieu, en pointant du doigt les natifs du village, avant de s'engouffrer avec Lilly dans un gros 4 × 4 derrière le fourgon mortuaire en partance pour Paris. Hélène, crucifiée par cet index accusateur, regarda disparaître le cortège et, avec lui, son enfance. Elle avait passé cette journée dans un nuage de honte et de chagrin, les yeux baissés, attendant le moment où elle pourrait s'enfermer dans sa chambre et laisser couler ses larmes.

C'était le paradis

Tout est parti de travers avec l'arrivée de Marguerite au lycée du Bois d'en Haut. À peu près à l'époque où le père d'Hélène s'est mis à disjoncter, l'été du bac de français, l'été de ses seize ans. Les anciens diront que tout s'était déréglé il y a bien plus longtemps, pendant la guerre, mais ça, Hélène ne le découvrirait que plus tard.

Son père dit souvent qu'aucun village n'a une âme semblable au leur, alors elle le croit et ne manifeste aucune curiosité pour la vie au-delà des monts d'Arrée. Son pays n'est pas la Bretagne riante des marées et des mouettes, des ajoncs brûlés par le sel et le soleil, des touristes et des voiliers. C'est celle de l'intérieur, des calvaires et des chapelles, des rochers moussus, des fougères et des feuilles mortes tapies sous les arbres. Celle qu'on ne visite pas, la Bretagne *dans son ossature primitive*, lui répète souvent son père, sans qu'elle sache exactement ce que ça veut dire, une ossature. Mais primitive, elle allait vite apprendre.

En contrebas du lycée, au cœur du bois, coule une rivière dont le chantonnement parvient aux élèves, quand le vent se lève. Dans la classe d'Hélène, personne ne parle d'après, de demain, de plus tard, comme si le destin avait posé sa main sur l'épaule de chacun : les fils d'agriculteurs s'atteleront à la ferme, les autres iront grossir le magma des employés de bureau, fonctionnaires, artisans ou chômeurs qui vivotent dans la région. Bonne élève, Hélène rejoindra la fac de Brest et deviendra institutrice, comme sa mère.

Mais, un matin d'automne très hivernal surgit Marguerite. Cheveux courts à la garçonne. Bracelets fins aux poignets. Toute menue dans sa robe imprimée.

— Putain, c'est de la vraie soie, tu crois ? lance une élève dans le dos d'Hélène. Et t'as vu son sac à main ? Un Hermès. Sophie Marceau a le même, la classe.

— Silence, au fond de la salle, bégaye le proviseur en essuyant ses lunettes.

Il fixe sa nouvelle recrue comme si elle était la Vénus de Milo.

— Je vous présente Mme Renaud, agrégée de lettres classiques, que Paris nous envoie. C'est un honneur pour notre établissement, et pour vous, jeunes gens. Tâchez de vous montrer à la hauteur.

Dès le premier cours, d'un geste de la main, telle Cléopâtre devant les légions romaines, Marguerite conquiert ses élèves. À chaque cours, le même rituel. Sans se précipiter, elle ouvre son recueil de poésie, semble hésiter sur le choix du poème, comme un enfant gourmand devant un étalage de bonbons, puis ses yeux s'illuminent. Toute la classe est suspendue au mouvement de ses lèvres. On entend une mouche voler. Même le cancre du dernier rang a cessé les cocottes en papier et les dessins de pendu.

À chaque séance, un poème qu'elle commente ensuite. Un jour, « Demain, dès l'aube », de Victor Hugo, apprend aux adolescents que le grand homme était aussi un père, fou de douleur, dont ils partagent la peine, en silence, le cœur serré. La semaine suivante, elle déclame « Le pont Mirabeau » d'Apollinaire. Derrière ses mots, du haut de leurs seize ans, ils ressentent le déchirement de la rupture amoureuse et la beauté triste de la Seine, qu'ils n'ont vue qu'à la télé. La plupart d'entre eux ne sont jamais allés au théâtre. Alors, tous les jeudis soir après les cours, d'un coup de baguette, Marguerite fait surgir un car, direction Brest ou Quimper. À eux les Atrides, Molière ou Beaumarchais.

Ce n'est pas une prof revêche, cassante, accablée de frustration. Non, c'est la prof rêvée, souveraine d'un pays dont elle seule fixe les règles. Elle est joyeuse, entourée d'un halo de lumière. Seule devant sa classe, c'est comme si elle était plusieurs. Elle demande qu'on la vouvoie, mais qu'on l'appelle par son prénom. N'a besoin ni d'élever la voix ni d'imposer de la distance. Dégage la force d'un vieux chêne. Avec elle, les auteurs ne sont plus des monuments intimidants, ils vivent, aiment, souffrent, font partie de la famille. Flaubert devient un vieil oncle au regard lubrique, et Stendhal un cousin aux dents longues.

Un jour, le père d'Hélène découpe la dernière page du *Télégramme*, un portrait de Raymond Berger, le mari de Marguerite, *un écrivain qui passe à la télé, tu te rends compte !* Hélène accroche l'article sur le mur en face de son lit et, tous les soirs, s'endort avec l'image de cet homme, à qui elle se sent reliée par Marguerite. Sur la photo, il fixe l'objectif, le regard enveloppé d'un mystère qu'elle ne comprend pas. Il est séduisant. Mais pas comme son ami Yannick, à la beauté enfantine, au regard doux et confiant. Non. Une beauté d'homme. Douloureuse. Impudique. Marguerite n'en parle jamais, mais Hélène devine, dans ses choix de poèmes, que l'amour est son sujet préféré. *Quel âge a-t-elle ?* lui demande son père. Quelle drôle de question. Elle a l'âge des troubadours, des poètes, elle a mille ans, elle a dix ans.

Durant cette année magique, Hélène découvre un pays nouveau, peuplé d'écrivains et de mots. Chaque livre est une boîte à trésors. Elle veut habiter ce monde, qui était là, devant elle, à portée de main, et qu'elle ne voyait pas.

Un soir, Marguerite lui demande de rester après le cours. Elle veut lui parler du concours général, réservé aux meilleurs éléments, elle aimerait qu'Hélène le prépare. Elle lui donne des devoirs en plus, l'entraîne comme un champion : dissertations, commentaires de textes, résumés, romans, poèmes, théâtre, philosophie. Hélène cache des livres sous son oreiller, elle attend que sa petite sœur Françoise s'endorme pour braquer sa lampe sur les pages jusqu'à ce que le sommeil ferme le livre. Dans le bibliobus, qui passe le mercredi, elle se sent comme un marin sur son bateau, elle ne touche plus terre.

Chaque vendredi, Marguerite lui prête un recueil de poèmes, à lire pendant le week-end. Tout y passe, les romantiques, les symbolistes, les surréalistes, le haut Moyen Âge, et même des recueils érotiques. Marguerite l'écoute, l'encourage, ne l'écrabouille pas de son savoir. Qu'une prof consacre autant de temps à une élève semble naturel à Hélène, c'est une vocation, pas un vulgaire métier alimentaire comme pour le prof de sport qui fume des Gitanes pendant le cross des élèves autour du lac.

Après les cours, par la fenêtre, Hélène la regarde traverser la cour carrée du lycée, délicate, perchée sur ses talons, sautillant pour éviter trous et flaques. Malgré son échec au concours général, Marguerite continue à lui expliquer l'orgueil chez Corneille ou le spleen chez Baudelaire.

Un soir, après une heure passée à décortiquer un texte de Mallarmé, elle lui dit :

— Tu ne ressembles pas aux autres, tu as une pensée bien à toi, tu traceras ton propre sillon. Tu devrais entrer en terminale dans un grand lycée parisien. C'est dommage de rester ici, de gâcher ta chance, je t'aiderai à remplir le dossier d'inscription, si tu veux.

Hélène plonge le nez dans son cahier. Quelle idée saugrenue. Elle n'a jamais quitté la Bretagne. Partir à Paris, ce serait comme être catapultée sur la Lune, elle ne survivrait pas.

Cette relation l'isole du reste de la classe. Les autres l'ennuient avec leurs distractions minables : le punk rock, les cigarettes roulées et la bière. Depuis qu'elle vit au milieu des mots, leur syntaxe défaillante, leurs brouettes de clichés, leurs opinions empruntées sont comme des écorchures. Elle a osé dire à Yannick, qu'elle connaît depuis toujours, que ses phrases manquaient de musicalité, ce qui lui a valu un regard mi-perplexe, mi-résigné. Quelle pauvre petite conne hautaine je peux être parfois, se dit-elle.

Yannick se fait appeler Yannig depuis qu'il a découvert lors d'un camp scout qu'il appartenait à un peuple asservi et nié dans son être : les Bretons. Originaire de Saint-Malo, où l'on ne parle plus le celte depuis le Moyen Âge, il ne peut compter sur ses parents pour apprendre la langue de ses ancêtres. Il s'est tourné vers la mère d'Hélène, née au village. Elle a soupiré :

— À quoi ça va te servir le breton ? Même les anciens ne le parlent plus. Perds pas ton temps, apprends plutôt l'anglais.

Les cours de langue bretonne fleurissent dans le coin, attirant chaque année davantage de badauds en quête de racines et d'authenticité bretonne. La mère d'Hélène n'a jamais voulu l'enseigner à ses filles. La Bretagne qui parle breton, ça lui rappelle les hivers sans chauffage, les engelures aux pieds, la paille dans les sabots et les toilettes au fond de la cour.

— Et puis, vous savez, le breton qu'il apprend n'a jamais existé. On a mixé du gallois avec un mélange de différents dialectes, pour obtenir une sorte d'espéranto local.

Nullement découragé, Yannick s'est inscrit aux cours du soir de l'école Diwan et, pendant la récréation, s'obstine, avec son dictionnaire, à déchiffrer ce langage si éloigné des langues latines.

— La réappropriation de notre identité, c'est ça qui se joue, les gars, explique-t-il à sa bande d'affidés après les cours.

Un week-end, Hélène l'a accompagné lors d'une tournée des anciens, qui devait lui permettre de s'immerger dans un bouillon de breton. La tournée a été brève :

— Ma ! Nous aut' on parle le breton des fermes, ton breton des livres, on l'comprend pas pardi.

Hélène aurait éclaté de rire si elle n'avait lu la déception dans son regard. Ou plutôt la rancœur.

— Ils ont tellement intégré depuis la naissance qu'il faut parler français pour s'en sortir qu'ils renient leur passé, leur patrie. Ils se sont amputés d'une partie d'eux-mêmes.

Sur le chemin de l'école, elle l'écoute poliment fredonner son refrain. *On nous a volé notre identité, on vit en territoire occupé. L'histoire de France n'est pas la nôtre*. Étonnée de cette subite et obsédante quête, Hélène en parle à son père qui la rassure :

— Il cherche son chemin, c'est de son âge, ça passera.

Pendant l'oral du bac, elle déroule son exposé qu'elle connaît parfaitement. L'examinatrice lui sourit, satisfaite, et hausse les sourcils au moment où elle se lève pour quitter la salle.

En sortant, elle comprend tout à coup que la fin de l'année lui dérobe sa prof de français, ce cadeau tombé du ciel ; elle n'avait pas imaginé qu'on lui reprendrait si vite. Elle sent la jalousie monter en elle à la pensée qu'en septembre le regard de Marguerite se posera sur d'autres élèves.

D'habitude, en rentrant du lycée, elle fait un détour par la forêt. Au village, tout tourne autour de la forêt. Elle a échappé au défrichement car ses énormes roches la rendent inexploitable. Partout des blocs de granite de toutes tailles semés sur le parcours. Partout les odeurs de fougère, de résine, de champignons, partout le bruit de la rivière d'Argent qui descend de rocher en rocher, comme un torrent de montagne. La forêt est le royaume de sa grand-mère Alexine, la Rebouteuse, qui guérit petits et grands bobos du village avec ses décoctions de plantes, racines, herbes rares ou écorces miraculeuses. Elle a révélé à Hélène les secrets de la forêt, ses pouvoirs et ses recoins inexplorés.

Mais ce jour-là, dépitée à l'idée de retrouver sa vie d'avant, Hélène rentre tout droit se vautrer devant la télévision, comme une loutre échouée sur une plage de galets, désorientée et épuisée. À l'écran, des adolescentes sublimes bavardent en maillot de bain sous le soleil californien, cheveux lisses et peau veloutée, seins hauts et jambes interminables. Des garçons leur tournent autour et des filles aussi, espérant grappiller des miettes de leur beauté. Elles se déploient avec grâce, ne sont pas rouges et transpirantes après le cours de sport. Hélène les regarde se chamailler, se crier dessus puis se rabibocher dans des maisons luxueuses. Leur vie semble si simple, à l'abri de l'ennui et des frustrations. Pour la première fois, elle déchirerait bien le rideau de nuages pour voir ce qu'il y a derrière les monts d'Arrée.

L'île de l'intérieur

Huit mois plus tôt, Marguerite atterrissait dans ce trou perdu, brassé par la pluie et le vent, coincé entre une forêt maléfique et un torrent qui gronde tel un fauve menaçant. Le jour de son arrivée, le proviseur l'a présentée à ses collègues comme une déesse descendue de son Olympe, et ils l'ont immédiatement détestée. À leurs yeux, elle incarnait la Parisienne snob, prétentieuse, une anomalie sur leurs terres.

— Le Centre-Bretagne, c'est une île de l'intérieur, l'avait pourtant prévenue un ami breton, un monde clos, tu verras, tu ne peux pas y entrer et ensuite guère en sortir.

Quelle stupide idée de venir faire un remplacement dans ce lycée-dortoir, atroce témoignage architectural des années 1970, avait songé Marguerite dès sa première journée au Bois d'en Haut. Peuplé de toujours moins d'habitants à chaque recensement, le bourg, avec son église au milieu du cimetière et ses villageois calfeutrés dans leurs longères aux tuiles grises, semblait posé là depuis toujours, oublié de tous, loin du *miracle breton* et du *dynamisme littoral* vantés par les manuels de géographie.

Qu'était-elle venue faire ici ?

Suivre son mari, écrivain célèbre, parti retrouver le désir d'écrire ?

À moins que ce ne soit lui qui l'ait suivie, sur les traces d'un passé caché quelque part sous le granite.

Elle enseignait la poésie à la Sorbonne, il fabriquait des romans policiers à succès. Ils formaient un couple parental – quelle affreuse expression – et la vie s'écoulait, rythmée chaque année par la rentrée des classes de Lilly et la sortie du nouveau livre de Raymond. D'habitude, à la fin de l'été, il achevait la relecture de son manuscrit mais, cette année, en panne sèche, allongé sur le sofa du salon ou feuilletant un magazine auto, il déprimait. Le soir, Marguerite devinait à sa mine sombre qu'il n'avait pas écrit une ligne. Alors elle lui ramenait des brochures de résidences d'écrivains hors de prix, censées *libérer votre créativité* et vous réconcilier avec *l'ange tapi en vous*, qui finissaient invariablement dans la corbeille à papier.

— Pourquoi n'irions-nous pas nous installer en Bretagne ? avait-elle lancé un soir, étonnée de sa propre audace.

Raymond avait haussé les sourcils :

— La Bretagne ? Quelle idée ! Pourquoi pas l'Islande, pendant qu'on y est ?

— Tu étouffes, ici, tu as besoin d'air, de nature.

Raymond avait levé le nez de son journal.

— Mais tu détestes la nature ! Ça fait dix ans que je te supplie d'acheter un ciré et des bottes pour randonner en forêt et de laisser tes manteaux en cachemire à la maison. Et les animaux, tu ne les aimes qu'en sacs à main ou en bottines fourrées. Et tes brushings, tu y as pensé à tes brushings ? Tu crois qu'ils vont résister à la météo bretonne ?

Marguerite était-elle vraiment cette créature vaine et superficielle décrite par son mari ? Certes, elle avait toujours vécu dans les quartiers chics de Paris. Certes, elle piaffait au bout de deux jours loin de son libraire de Saint-Germain-des-Prés, de son coiffeur qui recevait dans son appartement aux murs jaune curry, de ses copines du cours de gym. Mais, auteure d'une thèse de référence sur la vulnérabilité du vivant chez Rilke, elle dirigeait aussi les travaux de nombreux étudiants et avait animé cette année un colloque à succès sur la verticalité dans l'œuvre de Poe. Touchée mais pas coulée, elle avait contre-attaqué :

— Lilly est asthmatique, et tu sais bien que le pédiatre nous tanne pour qu'elle respire un air moins pollué.

Le coup était bas mais avait atteint sa cible. Lilly n'était pas une sage enfant de la ville. Sans cesse en mouvement, elle se suspendait aux rampes des escaliers, escaladait les murets, grimpait aux lampadaires, suppliait qu'on l'emmène au parc, même les jours de pluie. Et souvent, sa respiration sifflait. Raymond devait le reconnaître : leur fille dépérissait à Paris.

Un soir après les cours, ils avaient entassé leurs affaires dans le coffre de la Jeep Cherokee, laissant derrière eux la moitié du dressing de Marguerite et un locataire ravi, puis mis cap à l'ouest.

Pour le prix d'un studio à Paris, ils louèrent un imposant manoir, qui avait dû être fortifié tant ses murs étaient épais et ses ouvertures étroites, et dont les pièces semblaient impossibles à chauffer. La propriétaire leur dit fièrement qu'elle ne louait pas cette maison pour l'argent mais *pour pas que ça s'abîme.*

— Vous comprenez, ici, quand c'est pas chauffé, ça part à la ruine.

Elle avait ajouté, comme si ça donnait de la valeur à la baraque, que sa mère y était morte, comme sa grand-mère avant elle. Marguerite avait ouvert grand les fenêtres, ça puait la naphtaline et l'encaustique, là-dedans, puis décroché les crucifix, portraits de saints et autres tableaux de famille qu'elle avait entassés dans la remise. Pas question de dîner en tête-à-tête avec Jésus agonisant, encore moins avec deux vieilles folles à l'air mauvais. Cela fait, avec un grand feu dans la cheminée, quelques tapis pour réchauffer le froid dallage et la chaudière à fioul ronronnant à plein régime, la bâtisse avait su se rendre accueillante et même agréable.

Partie sur un coup de tête, Marguerite avait rapidement déchanté. Elle se sentait coincée dans ce Finistère – là où finit la terre –, engluée dans cette terre ingrate. Tout l'oppressait, les grappes d'hortensias à l'entrée des villages, la mousse verte et humide qui prospérait partout sur les sols, les murs, les arbres et jusque sur les panneaux. Ici, rien ne semblait jamais vouloir être sec et chaud, ni le sol, ni l'air, ni même leurs draps invariablement moites et glacés quand ils s'y glissaient le soir.

Depuis son arrivée, Marguerite regardait tous les soirs la jolie miss météo en robe Courrèges afficher d'éclatants soleils automnaux partout sauf sur la pointe de la Bretagne, tatouée d'un nuage gris foncé souvent souligné de traits de pluie. Pas un mot de compassion pour ces Français condamnés au ciré et aux bottes quand les autres bavardent en terrasse. Marguerite se demandait comment les gens du coin encaissaient cette humiliation quotidienne : avec envie, indifférence, ou fierté de se distinguer ? Avaient-ils un gène pour affronter ce climat, quelque chose dans le sang, une peau plus épaisse, une carapace ? Elle avait lu que ce coin cumulait tous les records : alcoolisme, suicides, délires paranoïaques. D'ailleurs, plus que la pluie, les habitants lui pesaient avec leurs mains froides, des taiseux dépressifs et indifférents, embusqués derrière leurs volets clos, qui semblaient toujours vous observer.

Le lendemain de son arrivée, un samedi matin de crachin, elle s'était rendue à la supérette, face au lac, tenue par une vieille dame à chignon, la veuve Tanguy. Elle avait détesté immédiatement cette boutique carrelée de beige et sa propriétaire, dont le silence moqueur avait la couleur du fiel. Elle lui avait pourtant décoché son plus beau sourire et avait rempli son panier des produits les plus chers, pensant l'amadouer. Marguerite s'astreignait depuis l'adolescence à un régime sévère, sans viande, ni sucre, ni gras, difficile à tenir au pays du cochon et du beurre salé. La vieille regardait avec dégoût son panier se remplir de carottes, courgettes et huile d'olive et avait répondu avec une délectation sadique que non, elle ne vendait pas de yaourts 0 %, de roquette et encore moins de lait de soja, *on n'a pas ça chez nous*.

Cinq minutes plus tard, des coups de klaxon stridents avaient retenti. L'épicière avait interpellé Marguerite : elle avait garé sa voiture sur une place handicapé et devait immédiatement la déplacer. Les poings sur les hanches, immobile, la vieille jubilait. Marguerite avait répondu qu'elle n'avait pas vu de panneau, que toutes les places autour étaient libres, et que l'autre voiture pouvait se garer n'importe où. La porte du magasin s'était alors ouverte violemment et, pendant que le conducteur continuait à appuyer sur son klaxon, la passagère s'était postée devant Marguerite et avait hurlé :

— Vous n'avez rien à faire sur cette place, dégagez !

Elle avait brandi sa carte d'invalide comme si c'était une médaille olympique. Marguerite avait toisé cette femme dont le visage, à moitié caché par sa capuche de ciré, ruisselait de pluie. Invalide, elle ? Pas davantage que son mari qui s'extirpait en fureur de sa voiture. Quelques voisins, attirés par les coups de klaxon et les cris, étaient sortis de chez eux malgré la pluie.

Devant cette meute hostile, n'importe qui aurait abandonné ses provisions et se serait enfui. Mais pas Marguerite.

— Vous permettez, je n'ai pas fini mes courses, avait-elle annoncé à l'épicière avec un large sourire, ignorant son regard assoiffé de scandale.

Puis, se tournant vers la frétillante handicapée :

— Je savais que Jésus guérissait les paralytiques, mais par ici, il fournit même des cartes d'invalide. Béni soit le Seigneur.

Elle avait pris encore une bouteille de muscadet et un pot de fromage blanc, puis avait claqué sur le comptoir sa carte Gold, avait payé et adressé à l'épicière un *merci de votre gentillesse* dans un sourire dévoilant une dentition parfaite, avant de rejoindre d'un pas lent son énorme 4 × 4.

La veuve Tanguy, restée à l'intérieur, tremblait, les joues empourprées de colère. L'odeur de Marguerite, un parfum d'homme, poivré, flottait encore dans la boutique. Personne ne lui avait jamais tenu tête ainsi au village. Pour qui elle se prenait, cette étrangère, avec ses grands airs, ses ongles faits et ses échasses aux pieds ?

— J'en ai maté des plus coriaces, avait lancé la vieille, faut pas qu'elle m'cherche, celle-là.

Le soir, Marguerite avait raconté l'altercation à Raymond, qui avait soupiré avant de déboucher un grand cru bordelais.

— Vas-y mollo quand même, j'aimerais bien qu'ils ne nous détestent pas tous, je ne serais pas contre me faire quelques nouveaux amis.

Marguerite avait souri, s'était laissée tomber dans le canapé en s'étirant :

— Tu connais ce vers de René Char : « À te regarder, ils s'habitueront. » Eh bien voilà, que veux-tu, ils s'habitueront à nous.

— À la difficile intégration des migrants parisiens ! avait lancé Raymond en levant son verre.

Et ils avaient trinqué de bon cœur.

La fin de l'innocence

Le Bois d'en Haut, juin 1940

Cinquante-quatre ans plus tôt, Odette Bozec rentrait de l'école dépitée. L'établissement resterait fermé jusqu'à nouvel ordre. Cette année, il n'y aurait pas de kermesse du mois de juin dans la cour de l'école des filles, pas d'échange de regards fiévreux et de signaux discrets avec les garçons de celle d'en face.

Odette habitait rue du Pouly, avec ses parents. Son père, médecin du village, soignait tous les habitants des environs, il avait gagné le surnom de « docteur des pauvres » lors de ses tournées dans les hameaux reculés des environs, où l'on oubliait parfois de le payer. La remise derrière la maison, transformée en chambre d'enfants, accueillait jusqu'à leur guérison les petits malades de la région.

Tous les jeudis soir, Odette regardait par la fenêtre son père descendre la rue et rejoindre la réunion du conseil municipal, bien droit dans son costume trois pièces. Tard dans la nuit, elle entendait son rire rebondir comme une balle contre les murs de la grand-place.

À l'école, les filles des campagnes arrivaient les doigts gonflés et creusés d'engelures. Par tous les temps, elles descendaient à pied des fermes, parfois distantes d'une heure de route, et leurs mains de crapaud, qui ne pouvaient manier le stylo, subissaient les coups de règle de la maîtresse après chaque dictée. Un jour, l'institutrice attacha à l'une d'entre elles son cahier dans le dos. Ainsi affublée, l'élève dut rester à l'écart de ses camarades pendant la récréation, sous les rires moqueurs des grandes et les regards apeurés des petites.

Odette n'avait que dix pas à faire pour rejoindre l'école, son univers oscillait comme un pendule entre la maison et la classe. Elle travaillait dur, à l'abri des hauts murs de l'établissement, encadrée par des maîtresses sévères, coupée du reste du monde et séparée des garçons. Quand sa classe partait marcher en forêt, la directrice téléphonait au directeur de l'école des garçons : pas question que les promeneurs se rencontrent. Le seul moment où les deux sexes se croisaient, c'était pendant la kermesse des écoles au mois de juin. Toute l'année, Odette et ses camarades attendaient cet événement en rêvant au prince charmant. Heureusement, le fils de la cantinière leur transmettait en cachette les billets doux et enflammés des garçons.

Le dimanche, Odette comptait le nombre de fidèles pendant la messe pour tromper l'ennui. Au village, tout le monde allait à l'église sans se poser de question, même les mécréants, *parce qu'on ne sait jamais*. Les hommes y attendaient l'heure de l'apéritif, les femmes celle du café, personne n'aurait raté le sermon du curé, point d'orgue d'une semaine de labeur, occasion pour les familles de se jauger, d'étaler la marchandise : *voyez comme mes filles sont sages et jolies, comme j'ai bien arrangé ma toilette*. Seuls les communistes, dont le père d'Odette dirigeait la section au village, attendaient leurs femmes dehors en devisant sur les marches. Odette regardait les adultes ouvrir la bouche pour recevoir le corps du Christ, dévoilant des dentitions noircies qui lui donnaient des haut-le-cœur.

L'angélus, à la sortie de l'église, agissait comme le signal du ralliement pour les hommes qui se retrouvaient *Chez Yvonne*, l'estaminet du bout de la place, un ballon de rouge devant eux. Odette n'y avait jamais mis les pieds, ce n'était pas un endroit pour une jeune fille. Les hommes parlaient peu, se contentant de fixer le verre posé devant eux.

Pendant ce temps, les femmes allaient fleurir les anciens au petit cimetière entourant l'église, puis se retrouvaient pour le café chez la mère d'Odette. Personne ne prêtait attention à la petite, cachée sous la nappe brodée, mais elle ne perdait pas une parcelle des conversations. Quand les mères s'apercevaient de sa présence, elles passaient immédiatement au breton pour exclure la « fouine », comme elles l'appelaient.

Longtemps, les conversations tournèrent autour de la vie du village, on parlait du mauvais temps, du mariage de la fille des Lefloch avec un étranger du Léon voisin, de l'enterrement du vieux Marcel pile le jour de ses cent ans.

Mais un jour, la guerre arriva. Il n'y eut plus d'attroupement festif après la messe, plus de silences bretons au bistrot car plus d'hommes au comptoir, plus de conversations interminables entre voisines. Le bourg sombra dans la mélancolie et la tristesse. Puis la guerre fut perdue.

Le 19 juin 1940, les premières motos allemandes suivies de camions firent leur apparition au village, et le drapeau nazi flotta sur la façade de la mairie. L'armée réquisitionna l'école des filles pour y installer un bataillon d'infanterie, puis une prison. Des barreaux apparurent aux fenêtres. Les contrôles d'identité se multiplièrent, un couvre-feu strict fut instauré, et malheur aux récalcitrants. Terminées, les déambulations en forêt et les parties de colin-maillard derrière les rochers. Sans préavis, le monde d'Odette se rétrécit aux quatre murs de sa maison.

Elle voyait bien que ses parents avaient changé : son père avait maigri et sa mère perdu son sourire. Ils chuchotaient tout le temps, se couchaient plus tard qu'avant. Son père partait à l'aube et rentrait au crépuscule. Quand elle demandait des explications à sa mère, celle-ci soupirait : *c'est la guerre, ma chérie*.

Un soir, après le dîner, Odette, assise dans l'escalier avec sa poupée, entendit son père raconter d'une voix lasse son exclusion du conseil municipal, comme tous les communistes. On lui avait retiré ses bons d'essence, le privant de véhicule. Il irait maintenant voir les malades à vélo, c'était excellent pour la santé. Ils devaient juste faire plus attention.

Le soir, il rentrait épuisé de ses tournées à bicyclette, mais ne se plaignait jamais, ne blâmait personne et continuait, comme si de rien n'était, à soigner les familles des alentours. Le matin, il partait avec un lourd fatras sur le dos, et s'absentait de plus en plus le soir. Un jour, poussée par la curiosité, Odette entra en cachette dans son bureau. Sur sa table en chêne, elle trouva un paquet de feuilles tapées à la machine, avec ces quelques phrases signées Maurice Thorez et Jacques Duclos :

La France, encore toute sanglante, veut vivre libre et indépendante. Jamais un peuple comme le nôtre ne sera un peuple d'esclaves. La France, au passé si glorieux, ne s'agenouillera pas devant une équipe de valets prêts à toutes les besognes. C'est dans le peuple que résident les grands espoirs de libération nationale et sociale. Et c'est autour de la classe ouvrière, ardente et généreuse, que peut se constituer le front de la liberté, de l'indépendance, de la renaissance de la France.

Un matin de juillet 1941, elle cueillait des framboises derrière la maison, les gobant par dizaines au lieu de garder sa récolte pour les confitures. C'était une journée chaude, étouffante, le chat des voisins dormait à l'ombre des feuilles de rhubarbe et les lézards verts se risquaient sur les pierres moussues. On sonna à la porte. Le facteur était déjà passé, on n'attendait plus de visite. Du jardin, elle entendit un vacarme, des éclats de voix, les cris de sa mère. Par-dessus le muret qui longeait le jardin, elle aperçut la silhouette de son père, entourée de deux hommes, en longs manteaux de cuir noir. « Papa ! » hurla-t-elle, d'un cri qui déchira le ciel. Son père se retourna et lui sourit. Les deux hommes en noir le poussèrent dans une Citroën Traction.

Elle ne comprit pas tout de suite qu'elle ne le reverrait jamais. C'est dans le regard du facteur, quelques jours plus tard, qu'elle sut. En décembre, les Allemands fusillèrent le docteur des pauvres au camp d'internement de Châteaubriant, avec huit autres détenus.

Les mois qui suivirent, des combats éclataient parfois dans la forêt toute proche. Du village, on entendait les claquements de fusils auxquels répondait le crépitement des mitraillettes. Odette ne sortait plus de la maison, s'occupait de sa mère dont la santé avait faibli depuis la mort de son mari. Elles manquaient de tout, de pain, de charbon et de viande, se nourrissaient de rutabagas et d'eau sucrée qui remplaçait le lait. Pendant les siestes de sa mère, Odette s'installait dans le bureau de son père et s'évadait dans les romans d'aventures de sa bibliothèque, loin du chagrin et de la colère.

D'après le facteur, des résistants tombaient sous les balles allemandes dans la forêt et étaient enterrés sur place. Les bûcherons voyaient parfois sortir de l'humus un pied déterré par un sanglier. Un prêtre de la paroisse avait été abattu dans un chemin creux. Odette se gardait bien de rapporter ces nouvelles à sa mère, qui ne quittait plus guère son lit. Plus tard, elle apprit que certains corps ne furent jamais retrouvés.

Le 5 août 1944, quelques jours après la Libération, un soldat allemand en retraite abattit de sang-froid son institutrice de cours préparatoire sur la place du village. La maîtresse qui lui avait appris à lire et à écrire. Tuée devant son fils de huit ans. Massacrée avec six autres villageois dont le maire. Odette adorait son institutrice et, tout à coup, elle n'était plus.

Quelques mois après, la mère d'Odette mourut de la tuberculose, laissant seule au monde sa fille de seize ans. Avant de mourir, elle avait pris ses dispositions pour que la jeune fille rejoigne sa tante, employée de maison à Paris.

La fièvre

Le Bois d'en Haut, juin 1994

Dernier jour d'école. Marguerite vide son casier, soulagée que l'année se termine enfin. D'habitude, le mois de juin est son préféré, elle aime la promesse de l'été, l'espoir que le soleil efface les peines et les fatigues comme une ardoise magique, et que la joie survienne enfin. Mais cette année, une altercation avec un de ses élèves a gâché la fête.

Le feu couvait depuis un vendredi, veille des vacances de février. À la fin d'un cours, un beau garçon aux longs cils, Yannick – qui se faisait appeler Yannig – lui avait demandé pourquoi elle les gavait de poèmes et de romans français. Interloquée par la question, elle avait répondu qu'elle respectait le programme.

— Le programme décidé à Paris, par des fonctionnaires de l'État français, avait repris le jeune homme. Pourquoi n'ajoutez-vous pas quelques auteurs bretons à votre programme ?

Marguerite, peu habituée à la contestation dans le choix de ses textes, avait néanmoins décidé de se montrer magnanime. Un élève avec des convictions, ça n'était pas si fréquent. Et puis, sous son air de défi, elle voyait un visage d'ange, des yeux immenses, les pommettes hautes sous une cascade de boucles brunes. Souvent, il la regardait comme perdu dans ses rêves, et elle sentait bien que ces rêves la concernaient.

Elle l'avait fixé longuement puis avait souri :

— Apportez-moi un roman de votre écrivain breton préféré et, s'il en vaut la peine, je lui trouverai une place dans le programme du méchant État français qui vous a offert des autoroutes gratuites et l'électricité sans le nucléaire.

Au retour des vacances, le jeune homme s'était présenté avec un roman, *La Marie-Morgane,* d'un certain Roparz Hemon, dont les textes servaient de socle à ses cours de breton.

Marguerite avait emporté le livre et l'avait trouvé exécrable, enflé d'emphase et de clichés. Après quelques recherches, elle avait appris que cet auteur avait rédigé le premier dictionnaire en breton unifié – autrement dit contrefait – dans les années 1930, avant de collaborer avec les nazis pendant la guerre, d'écoper d'une peine d'indignité nationale de dix ans à la Libération et de s'exiler en Irlande. Elle avait soupiré, déçue que son jeune révolutionnaire n'ait su trouver modèle d'inspiration plus glorieux.

Mais comment le lui dire ? Soucieuse d'éviter le conflit, elle avait décidé de l'oublier au fond de son casier en priant de n'avoir jamais à donner son avis sur cette verbeuse et granitique littérature. Une passivité qui lui ressemblait peu et devait tout à la peur d'humilier le jeune homme. Yannick, lui, n'était pas homme à oublier et, au mois de mai, au début du cours, il s'était enquis de l'entorse promise au programme et du sort réservé à *La Marie-Morgane.* Elle avait eu quelques semaines pour préparer sa réponse. D'une voix inhabituellement basse et grave, elle lui avait répondu que non, elle ne leur demanderait pas d'étudier un auteur fasciste, un très mauvais écrivain, d'ailleurs, s'il voulait son avis.

— Même ses pamphlets antisémites ressemblent à des sermons de curé. Puisque vous voulez de la littérature engagée, laissez-moi vous parler du poète Tristan Tzara. Juif roumain, débarqué à Paris dans les années 1920, il s'est engagé dans la Résistance et s'est beaucoup intéressé à une autre langue régionale, la langue d'oc. Ouvrez vos livres page 173, on y trouve un de ses plus beaux textes.

La guerre était déclarée.

À la fin de la lecture, il avait quitté le cours sans un mot et avait foncé chez le proviseur :

— Il n'est pas tolérable que le meilleur écrivain breton ne soit pas au programme dans un lycée breton et qu'il faille à longueur d'années subir la littérature imposée par l'État oppresseur, lui avait-il lancé

— Vous avez remarqué que nous avons de nouveaux auteurs bretons au CDI, avait tempéré le proviseur, habitué aux harangues nationalistes de ses élèves, un par classe, tous les ans, au minimum.

Mais Yannick avait continué :

— C'est scandaleux qu'on n'ait pas trouvé un prof breton plutôt que cette intello prétentieuse, sans doute pistonnée parce que son mari écrivain a le bras long.

Le proviseur avait conclu l'entretien par un dubitatif :

— Pistonnée pour venir ici, vraiment, vous croyez ?

Cette dernière remarque, il ne la répéta pas à sa précieuse enseignante.

Prévenue par le proviseur, Marguerite avait été choquée par la dénonciation du jeune homme. Elle avait néanmoins décidé de n'y donner aucune suite. Elle se souvenait avoir été une élève révoltée par le classicisme et l'ennui de ses cours de français de la fin des années 1950. Elle appréciait la fougue de Yannick, sa capacité à s'indigner pour un oui ou pour un non, la puissance de son regard. Alors elle avait continué de noter avec indulgence le charabia régionaliste dont il parsemait ses copies.

Habituée à l'indifférence blasée des étudiants de la Sorbonne, elle avait plaisir à enseigner la poésie à des adolescents, à allumer une minuscule flamme dans leur cœur. Le premier jour, elle avait vu une vingtaine de paires d'yeux ronds comme des soucoupes la scruter d'un air ahuri. Surprise et touchée par ces visages grands ouverts, elle s'était souvenue qu'une classe, c'était un attelage d'êtres singuliers, pas un troupeau de moutons.

À l'heure de les quitter, c'est cette image qu'elle veut garder, l'émotion brute, presque crue, avec laquelle ils abordent les textes, sans calcul, des éponges qui s'imprègnent de mots. L'énergie de la jeunesse que rien n'effraie. Leur jugement impitoyable, une soif absolue d'apprendre qu'elle avait à leur âge et qui s'est enfuie dieu sait où.

Un soir, elle a revu *Le Cercle des poètes disparus*, l'histoire de ce prof qui fait découvrir la poésie à des garçons formatés pour devenir les dirigeants de ce monde. Cette découverte pousse les élèves à penser par eux-mêmes, à se libérer du poids du conformisme parental. Jusqu'au suicide d'un des adolescents en conflit avec son père. La fin l'a passablement déprimée, doit-on vraiment choisir entre la poésie et la vie ? Entre le beau et le raisonnable ?

Elle a peur d'être allée trop loin avec eux, d'avoir joué avec le feu. Heureusement, aucun suicide à déplorer au lycée Xavier-Grall. L'année s'achève et ses lycéens ressemblent à tous les adolescents de France, ils fument sous le préau, s'embrassent comme dans les films, s'agglutinent autour du chanceux qui s'est fait offrir un scooter.

Dix mois déjà qu'ils sont installés ici avec Raymond, et Marguerite est lucide : son mari et sa fille semblent renaître en Bretagne. Lilly passe ses journées dans le jardin, toute en grimpettes, galipettes et pirouettes. Quant à Raymond, son sourire retrouvé révèle qu'il s'est remis à écrire.

— Je dors mieux qu'à Paris, je crois que le granite capte mes angoisses, l'a-t-elle entendu dire au téléphone à son éditeur.

Le week-end, ils se lèvent tôt pour découvrir les mystères de la forêt, s'extasient d'un buisson d'ajoncs, d'une rafale bruissant dans la lande, d'un rocher qui affleure sous la bruyère. Marguerite pensait que Raymond, en bon philosophe admirateur de Descartes, resterait imperméable aux histoires de magie et de sorciers. Mais non, il interroge les habitants comme s'ils étaient les derniers représentants d'une civilisation engloutie. Lui qui ne distinguait pas un châtaignier d'un chêne ni l'est de l'ouest s'intéresse à la faune, à la flore, commente la direction du vent et collecte les expressions bretonnes comme d'autres les papillons. Marguerite le soupçonne d'amasser des détails pour l'intrigue d'un prochain roman. Il n'a aucune intention de repartir, la voilà donc échouée ici comme une vieille barque.

Mais cet exil prolongé ne lui déplaît pas, et encore moins l'arrivée des grandes vacances, car elle a un objectif : retrouver sa mère.

L'engrenage

Le soir des résultats du bac, la déléguée, fille du notaire, a invité toute la classe chez elle, dans une maison bourgeoise de la rue principale. Hélène sort sa tenue la plus chic, robe-débardeur noire, sandales à franges, et passe une heure dans la salle de bains à dompter sa crinière au fer à lisser. Dans le miroir, elle jette un coup d'œil désespéré à ses fesses trop cambrées, qui émergent de son corps maigrelet. Sa grand-mère Alexine, qui n'a jamais vu un noir ailleurs qu'à la télé, dit que sa petite fille a un derrière de « négresse blanche ». Blanche, elle l'est ! L'été d'avant, elle a exposé son corps des heures au soleil sans protection, espérant obtenir cette teinte caramel des filles des séries télé, pour finir cramoisie et passer une nuit atroce collée à ses draps par une épaisse couche de Biafine.

Ce soir, devant ses amis qui s'extasient sur ses notes, elle feint une moue blasée. Pourtant, l'annonce des résultats est le plus beau jour de sa vie. Elle se revoit marmonner son nom, comme un mouton qu'on envoie à l'abattoir, à la dame le nez plongé dans ses listes, derrière sa table à tréteaux. Quelques secondes d'attente irrespirables et la délivrance quand celle-ci soudain redresse la tête, se lève et applaudit, immédiatement suivie par ses collègues.

— Enfin, cela fait des heures qu'on vous attend ! Vous n'étiez pas pressée de fêter votre succès ? 19 à l'écrit, 20 à l'oral, de loin les meilleures notes du département, bravo !

Oscillant entre sentiment de toute-puissance et sensation d'extrême solitude, elle déambule parmi ses camarades qui discutent, fument et écoutent Kurt Cobain dans la douceur du soir et l'insouciance de leurs seize ans.

Elle boit d'un trait le premier verre qu'on lui tend et sent l'alcool fondre sur sa conscience. Elle essaie de résister à la torpeur qui l'envahit, mais déjà les objets flottent autour d'elle. Dans le jardin, plusieurs garçons la frôlent, passent et repassent, elle songe que l'un d'eux va l'emporter au loin.

Yannick, adossé à un arbre, la regarde en coin. Ses yeux brillent dans l'obscurité et la sortent de sa rêverie. Ils ont grandi ensemble, mais, depuis le début de l'année, son regard sur elle a changé, il l'observe. Trop beau, trop populaire. Hélène se persuade qu'il n'est pas pour elle, la greluche besogneuse. Ou bien elle inverse les rôles, trop borné et limité pour elle, l'intello, et ses meilleures notes du département.

Plusieurs fois, elle a décliné ses invitations à passer chez lui, des leçons à réviser, des livres à dévorer… Ce soir, grisée par l'alcool, elle soutient son regard.

Ils s'assoient sur une balancelle du jardin, leurs hanches et genoux se frôlent, ils fixent l'horizon, le ciel hésite entre balancer du crachin ou ses derniers rayons de soleil. Il envoie les deux, et un double arc-en-ciel apparaît, formant un pont au-dessus de la forêt. Puis, du gris-bleu, l'horizon vire au blanc. Les deux adolescents sont nés ici, ils savent que, dans quelques minutes, il tournera orange irisé, ils ne se lassent pas de ce choc de couleurs.

Vers minuit, un orage éclate et disperse les troupes dans les tentes installées plus tôt dans le jardin. Yannick n'a pas de sac de couchage, Hélène l'accueille dans le sien. Collés l'un à l'autre, ils écoutent la pluie qui ruisselle sur la tente. Comme dans un caveau étroit, un merveilleux caveau. Leurs lèvres se touchent et leurs mains dérivent, s'étreignent, décoiffent, agrippent. Il faudrait ouvrir le sac qui les enserre pour aller plus loin, mais aucun des deux n'ose. Ils s'endorment ivres de baisers sans avoir échangé un mot.

Au petit matin, on les voit émerger de leur tente, irradiés de lumière. Gênées, les filles redoublent de papotage, et les garçons de silence, les yeux se détournent et les supposés amants s'éclipsent, main dans la main. Ils vont déposer les journaux de la semaine à la veuve Tanguy, marraine de Yannick, meilleure amie de Mamie Alexine. Enfant, Hélène passait de longues heures dans son épicerie, à tenir la caisse, pendant que les deux vieilles femmes commentaient la page obsèques du journal.

— Mets-leur un coup donc, dit-elle à son employée dès que les tourtereaux franchissent la porte. Du café vous aurez ? Et du quatre-quarts ? Hélène, il y a plus rien de toi tellement tu es maig'.

Quelle que soit l'heure, quand on rend visite à un ancien du village, on boit, on mange, et ensuite seulement on cause.

— Avez vu le beau temps, les marmouz ? On dirait que c'est parti pour rester.

Hélène sourit à Yannick, occupé à descendre lentement la bière fraîche posée devant lui.

— Alors les amoureux ? Vous allez vous marier dites ? Vous avez déjà choisi un terrain ? Y a des lotissements à vendre derrière la maison du sabotier, vous seriez bien, là-bas, dit-elle avec ce sourire pincé qui laisse peu de place à la contestation.

La veuve Tanguy a une vision immuable du cycle de la vie : on choisit un gars ou une fille du village, on se marie, on construit sa maison dans son petit enclos, puis on aménage une chambre d'enfant. Chaque personne sur terre a une place, un terrain, une maison. Et malheur à ceux qui dérogent à cet ordre des choses. Dans son esprit, on ne quitte jamais le village de son propre chef, partir relève du châtiment. Au-delà de vingt kilomètres, c'est l'ailleurs. On se méfie des étrangers de l'extérieur. On regarde de travers ceux qui désertent la messe, divorcent ou partent en vacances.

Celle-là, elle fait sa fière, dit-elle des villageoises qui se sont exilées au-delà du canton et ont osé revenir. *Tiens, v'là des doryphores,* soupire-t-elle à propos des rares touristes qui traversent le village à partir du mois de juin.

Elle règne sur le groupe des anciennes qui, tous les jours à 16 heures, se retrouve dans l'arrière-boutique pour jouer aux dominos et boire le café.

Aux yeux d'Hélène, la veuve Tanguy a toujours été vieille. Sa compagnie la rassure, lorsqu'elle franchit le seuil de sa porte, elle est certaine que tout sera exactement comme la veille, l'avant-veille et le lendemain. En même temps, elle lui fait un peu peur. La rumeur dit qu'elle a chassé un prêtre du village, *tu te rends compte, un serviteur de Dieu,* lui a dit sa mère. Hélène se garde bien de dire à la vieille que, depuis qu'elle a rencontré Marguerite, le village ne lui suffit plus. Que maintenant elle voit le monde en plus grand.

Yannick opine, ils savent tous deux qu'il ne faut pas contrarier la veuve, surtout quand elle élabore des plans pour le futur.

— Bien sûr Marraine qu'on va se marier, lâche Yannick, et vous serez la première invitée à la noce.

La veuve leur sourit, satisfaite, c'est la réponse qu'elle attendait.

Un soir, Hélène accepte d'accompagner Yannick à un fest-noz à Morlaix, avec ses potes plus âgés du cours de breton.

Tassés à six dans la vieille CX du prof, ils roulent pendant une heure sous la pluie jusqu'à ce champ boueux devenu parking géant, au bout duquel trône une remorque transformée en scène. Derrière la clôture ruminent des vaches, impavides, indifférentes au son des cornemuses. Yannick et sa bande, assis sur des tables en tréteaux, des cirés sur le dos, mangent avec les doigts des saucisses charbonneuses et des frites pas cuites. Les gobelets de bière s'envolent dès qu'ils sont vides. Plus loin, près du barbecue où elle se réchauffe, les mains emmitouflées dans sa doudoune, Hélène les observe en se demandant ce qui plaît tant à Yannick dans ces soirées glacées où résonnent le bruit strident des binious et le ronflement de la bombarde. Ses copains et lui ne dansent même pas.

Hélène pense à Marguerite, regrette déjà le temps de leurs tête-à-tête studieux après la classe. Sa prof lui a parlé du poète Rilke, qui divise l'humanité en deux, ceux qui vivent et ceux qui créent. Ceux qui vivent se perdent dans de vains divertissements, dans le fracas du monde, ceux qui créent habitent la solitude, la cultivent, la chérissent. Depuis, elle cherche dans toute nouvelle rencontre un représentant de la tribu des créateurs, mais ils sont bien cachés. Et Yannick n'en est pas un. Elle lui a prêté des recueils de poèmes, toujours posés en pile là où elle les a laissés. *Je n'ai pas eu le temps de les lire,* s'est-il justifié.

Elle sait bien que Yannick n'aime pas Marguerite, cette Parisienne venue coloniser leurs esprits. Quand Hélène lui a rapporté sa suggestion de faire sa terminale à Paris, il s'est énervé. Qu'est-ce que cette étrangère lui a mis dans la tête ? Il n'est plus assez bien pour elle, le village ? Alors ils ne parlent plus de Marguerite, mais elle est bien là entre eux, comme un pachyderme.

Le grand phare de la ville

Paris, octobre 1944

Odette prenait le train pour la première fois. Sur le quai de la gare de Morlaix, elle croisa d'autres jeunes filles seules, guère plus âgées qu'elle, et des familles entières lestées de lourdes valises. Les voyageurs, visages las et fermés, regardaient par terre ou dans le vide, honteux d'abandonner leur terre pour un ailleurs meilleur. Elle s'assit en face de deux religieuses rougeaudes, qui ne tardèrent pas à sortir d'un torchon un énorme pain rond, du lard fumé et du lait ribot qu'elles partagèrent avec l'orpheline. Odette n'avait qu'une petite valise et son manteau contenant quelques francs raclés dans les tiroirs et les poches de vêtements. Et aussi la clé de la maison dont elle avait refermé la porte et tous les volets avant de s'en aller sans rien dire à personne.

Elle avait écrit à sa tante l'heure d'arrivée du train mais, à Montparnasse, personne ne l'attendait. Elle resta figée un instant sur le quai, quand deux jeunes femmes à l'accent familier l'interpellèrent :

— Hé, toi, t'es perdue ? Première fois à Paris ? Suis-nous donc.

Cinq minutes plus tard, elles étaient assises Au Rendez-Vous des Bretons, bistrot en face de la gare, étape obligée pour tout Breton arrivant à la capitale. Odette montra l'adresse de sa tante à la serveuse. Par chance, elle se trouvait à dix minutes à pied. Ses amies la mirent en garde contre les maquereaux qui rôdaient autour de la gare.

— Fais attention à ces grands oiseaux, plus ils sont bien habillés et beaux parleurs, plus le mal rôde.

Elle prit congé de ses chaperons après avoir noté leurs adresses dans son carnet, puis remonta l'avenue du Maine jusqu'à la place d'Alésia. Elle n'avait jamais vu autant de gens inconnus, d'automobiles, de lumières éblouissantes. L'odeur âcre du trafic lui piquait la gorge, le bruit assourdissant du marteau-piqueur l'effrayait, elle chercha la présence rassurante du ciel et des nuages, mais l'horizon était obstrué par des immeubles noirs de crasse. Elle sentit l'angoisse lui serrer la gorge.

Sa mère disait souvent « ma sœur de Paris », avec une certaine fierté dans le regard. Savait-elle que sa sœur de Paris vivait avec son mari et leurs deux enfants dans une minuscule chambre de service ? Odette ne l'avait pas revue depuis son départ à Paris, bien avant la guerre, il lui sembla que c'était une vieille femme à présent.

La tante et son mari travaillaient pour une riche famille de la villa d'Alésia, elle comme bonne à tout faire de Madame, lui comme chauffeur et homme de main de Monsieur. Ils l'hébergèrent cette nuit-là mais, à son réveil, elle comprit au regard gêné de sa tante qu'elle ne pouvait pas rester.

— Je t'ai trouvé une place dans le 17e arrondissement, une famille tout ce qu'il y a de bien, catholique, deux magnifiques enfants, un garçon de quatre ans et un bébé. Tu y seras en sécurité.

Le soir même, elle se retrouva devant une grande blonde toute en os et en menton, qui lui parla lentement avec des phrases extrêmement simples ponctuées de grands gestes, comme si Odette ne comprenait pas le français. La patronne fut tout étonnée qu'en retour sa jeune bonne l'interroge sur quelques points de détail avec des « sont-ils » et des « auriez-vous ». Odette se garda bien de lui dire qu'elle savait aussi lire et écrire. Et qu'elle connaissait l'histoire de France, la géographie et même le latin. Sa tante lui avait bien conseillé de ne jamais contrarier les patrons. Aussi, quand la dame lui dit qu'ici, elle s'appellerait Marie, comme la polonaise au prénom imprononçable qu'elle remplaçait, *parce que, vous comprenez, le personnel, ça va, ça vient*, elle n'eut pas l'audace de protester.

L'appartement, immense avec ses enfilades de couloirs et ses moulures au plafond, sentait la cire et le poêle à charbon. Marie-Odette s'attarda devant la bibliothèque, ne pouvant s'empêcher d'incliner la tête pour lire les titres, et se retenant de justesse d'en sortir un pour le feuilleter. Des centaines de livres bien alignés dans les rayonnages attendaient qu'on les dévore.

— C'est le bureau de mon mari, je n'y mets jamais les pieds, précisa Madame en la poussant hors de la pièce.

La maîtresse de maison se méfiait de cette Bretonne à la syntaxe parfaite qui lisait des livres. Dans son esprit, les Bretons étaient une horde d'arriérés affamés qui déferlaient sur Paris pour gagner leur pain. À tout instant, ils pouvaient voler votre argenterie et vos bijoux. Mais jamais elle n'aurait imaginé qu'ils puissent avoir une éducation. Une Bretonne instruite, c'est forcément une communiste, pensait-elle.

Marie-Odette quittait sa chambre mansardée à 6 heures du matin, descendait quatre étages par l'escalier de service, et préparait le petit déjeuner pour la famille. Ensuite, elle débarrassait et s'attaquait au ménage. À 10 heures, courses au marché Poncelet, puis déjà c'était l'heure d'éplucher les légumes du déjeuner, avant la vaisselle et la promenade au square avec les enfants. Sa patronne lui avait dit de ne jamais les laisser sans surveillance ou jouer avec d'autres enfants, de ne parler à personne. Alors elle restait seule, saluant d'un geste de la main les autres bonnes du square. Après les bains, la lessive et la préparation du dîner, elle s'écroulait de fatigue sur son matelas à ressorts.

Chaque jour, la même rengaine, sauf le dimanche après-midi où elle retrouvait rue de l'Ouest ses copines rencontrées à la gare. L'une, marchande de quatre-saisons, vendait par tous les temps ses patates, choux-fleurs, artichauts et carottes sur une grande charrette garée à l'entrée de la rue. L'autre servait dans une crêperie.

Au début, Odette se méfiait de tout le monde, marchait vite en fixant le sol, les épaules voûtées. Avec le temps, elle prit de l'assurance, se repérant dans Paris et attendant avec impatience le dimanche à 14 heures pour rejoindre les lumières, les cafés et la foule de Montparnasse. Quand elle passait devant la gare et voyait débarquer des jeunes filles à l'air perdu et à la démarche gauche, attirées par le grand phare de la ville, piégées comme des papillons sur la lampe, elle sentait son cœur se serrer.

Après son service, sa camarade serveuse l'invitait dans sa crêperie à boire un coup d'cidre au milieu d'une foule de Bretons qui parlaient fort, trop heureux de se retrouver entre eux. Odette sentait qu'elle provoquait une réaction chez les hommes, elle avait sympathisé plusieurs fois avec des gars des usines Citroën de Javel ou de Renault-Billancourt, mais c'était un bagage qu'elle ne voulait pas porter.

Parfois, le soir, pendant d'interminables dîners que Monsieur organisait, elle devait servir jusqu'à huit plats arrosés de vins fins à des convives dont la bedaine semblait avoir ignoré les années de rationnement. En fin de repas arrivait le moment redouté où, après avoir sorti les liqueurs et les cigares, il la présentait à ses convives :

— Marie, notre Bretonne, arrivée tout droit de la ferme. Une paysanne, une vraie. Née dans un chou-fleur. Regardez-moi ces bonnes joues.

Et elle entendait les ricanements gras. À l'école, elle était la fille du docteur Bozec, que tout le monde dans la rue saluait avec respect. À Paris, elle n'était rien. Ou plutôt moins que rien : une paysanne, une pedzouille, une péquenaude. Chez elle, paysan, c'était une vocation, une fierté qui nourrissait tout le village. À Paris, c'était un stigmate tatoué sur le front.

Libérer la Bretagne

Le Bois d'en Haut, juin 1994

Assis au dernier rang dans l'arrière-salle de ce bar PMU de Brennilis, Yannick est parcouru de frissons : c'est la première fois qu'il assiste à une réunion secrète de Libérer la Bretagne.

Son père l'a déposé en voiture. Il est content que son fils s'implique dans la défense de leur terre.

— Quand j'avais ton âge, j'ai voulu faire comme toi mais, avec les études de pharmacie, je n'ai pas trouvé le temps. Et puis ta mère…

Les yeux sur la route qui filait vers l'ouest, il a laissé sa phrase en suspens.

Le père et le fils souffrent d'assister, impuissants, à la déchéance de leur bourg. Au XIXe siècle, les riches artistes et les têtes couronnées se pressaient dans les hôtels de la grand-place, attirés par la forêt et ses légendes. Puis ils avaient fui vers des cieux plus cléments, et aujourd'hui ne restaient que les vieux et les pauvres. Sur les cartes postales de l'époque, on voit des grooms en livrée à boutons dorés poser devant les hôtels pimpants, aujourd'hui décrépis et vides.

Depuis l'enfance, Yannick écoute, fasciné, le récit épique des anciens sur le mouvement breton après la guerre, la grande époque où y cohabitaient ouvriers, paysans, médecins, et même des prêtres. Le vieux druide Denez, couvreur en semaine et joueur de biniou le dimanche, sosie de Merlin l'enchanteur avec sa longue barbe blanche, raconte le dimanche à l'heure de l'apéritif ses expéditions de plastiquage nocturne avec le curé, les explosifs cachés sous les cierges à l'arrière de la voiture, les cagoules tricotées par sa femme. Yannick rêve d'intégrer l'armée des ombres à son tour, de participer au combat, alors le vieux Denez lui a parlé de l'Organisation. Il a longtemps hésité mais, aujourd'hui, du haut de ses seize ans, il est prêt.

Tandis que prennent place les participants, Yannick se sent de plus en plus mal à l'aise. Son voisin, chemise de bûcheron et jean sale, empeste le vin. Devant lui, une punkette crasseuse caresse un berger allemand. Il imaginait descendre dans une catacombe de granite éclairée de torches et décorée du Gwenn ha du, le drapeau breton, il se retrouve entouré de jeunes clochards, dans un local sans fenêtre à l'odeur de tabac et de bière. Il songe à s'éclipser par la porte de derrière, quand un jeune homme blond et ébouriffé entre dans la salle et le silence se fait.

— Salut, Fanch, lance d'une seule voix l'assemblée, soudain hypnotisée par l'arrivée du chef.

Le visage de Yannick s'allume. Fanch semble sorti d'une série américaine : jean délavé à peine troué, tee-shirt blanc qui souligne des muscles saillants, Perfecto noir mat. Suit un débat sur la nature des prochaines actions à mener :

— Bon, on va faire vite. Comme on a foiré nos dernières actions, on passe pour des pieds nickelés, des amateurs. Les Basques se foutent de nous, et je vous parle même pas des Corses. Les tags, les panneaux indicateurs repeints en noir, c'est bien gentil, mais pas suffisant. Vous proposez quoi ?

— Et si on volait des Marianne dans les mairies ? lance un petit nerveux, écharpe noire et blanche autour du cou.

— Mouais, déjà fait... et inoffensif. Il y en a trois dans l'étang derrière chez mon grand-père, répond Fanch en se roulant une cigarette.

— On pourrait bâillonner la statue d'Anne de Bretagne à Nantes ? poursuit un barbu poil de carotte, veste en peau de mouton sur le dos.

Fanch hausse les épaules :

— Vous avez un truc avec les statues. Faut changer de disque, là. Paris ne cédera que sous la pression de la violence, ne bougera que s'il est attaqué dans ses fondamentaux.

— Mais on n'est pas des terroristes, répond la punkette. Tu sais bien que les Bretons détestent la violence.

— Je te rappelle que, sous Vichy, on appelait les résistants des terroristes. Pareil pour les militants de l'indépendance en Algérie ou en Indochine. Il faut bouger, arrêter de fermer nos gueules. Nous sommes contre la violence, mais certaines colères doivent s'exprimer. La bonne nouvelle, c'est que nos frères de l'ETA nous ont envoyé des explosifs dernière génération. L'un d'entre nous va apprendre à s'en servir.

Silence pesant dans la salle.

— On pourrait cibler l'ANPE, envoyer un message contre la précarisation du travail, lance le p'tit costaud.

— Ou les McDo de la région ? poursuit le barbu à la peau de mouton. McDo, c'est l'oppresseur américain qui nous empoisonne. Et tue nos agriculteurs.

Mi-accablé, mi-amusé, Fanch conclut :

— Allons-y pour les McDo que l'État jacobin nous impose.

Le jeune meneur a des yeux rieurs, un sourire franc, une énergie maîtrisée, la tranquille certitude de la nécessité de leur combat.

Puis, s'adressant à Yannick :

— Les nouveaux, pratiquez le harcèlement permanent : lettres ou coups de fil anonymes aux députés et maires collabos, dénonciation des vassaux de l'impérialisme français, cercueils ou cartouches de fusil dans les boîtes aux lettres, pas de répit pour les occupants. Et maintenant, une minute de recueillement pour nos frères injustement emprisonnés à Paris.

À la fin de la séance, il lève sa canette de bière :

— Je porte un toast à la Bretagne éternelle, la Bretagne qui se tient debout malgré l'occupation de l'ennemi français.

— Yec'hed mat, répond en chœur l'assemblée.

Fanch s'approche de Yannick et lui serre longuement la main :

— C'est toi qui viens de la part du vieux Denez ? Bienvenue, mon ami. Il paraît que tu parles breton ? C'est de plus en plus rare, tu sais, j'ai dû renoncer aux réunions en breton, les autres pigeaient que dalle ! Allez, suis-moi.

Il l'entraîne dans une pièce mal éclairée où trône un immense drapeau breton. Puis lui fait jurer sur le drapeau de servir l'Organisation et de garder le silence.

— Tu peux être fier, tu viens d'obtenir le premier grade de notre mouvement, celui d'aspirant. Prends des initiatives, propose-moi des actions et tu grimperas vite l'échelle. N'oublie jamais, tu es la Bretagne. La Bretagne éternelle.

Sur le chemin du retour, le père de Yannick brûle d'envie de dire à son fils que c'est peut-être une erreur, qu'il vaut sans doute mieux ne pas trop fréquenter ce ramassis de paumés qu'il a vu sortir du PMU. Il voudrait lui dire de faire attention, de ne pas s'emballer, de garder la tête froide. C'est ce que font les pères. Mais il reste muet. Parce qu'entre eux, ça a toujours été ainsi : on s'aime mais en silence et on ne donne pas son avis.

Yannick aussi reste muet, il songe aux paroles de Fanch : *propose-moi des actions et tu grimperas l'échelle*. Il pense aussi à Hélène. Il aimerait qu'elle cesse de voir en lui l'ami d'enfance, le fils de la pharmacienne qui lui file en douce des échantillons de maquillage. Depuis que la prof de français l'a envoûtée avec ses livres et ses compliments, il la regarde, impuissant, devenir une autre. Certes, dans l'euphorie des résultats du bac, elle l'a embrassé sous la tente, mais cette victoire a un goût de défaite. À peine conquise, déjà elle s'échappe. Ces premiers baisers, tant attendus, ne sont pour elle que la fin d'un chapitre, une sorte de médaille offerte pour toutes ces années passées ensemble au pays de l'enfance avant de se faire la malle. La seule pensée de perdre Hélène lui comprime la poitrine. Contre un rival du lycée ou un père trop protecteur, il saurait se battre et triompher. Mais face à ce désir d'ailleurs, il doit trouver les armes.

À l'ombre du platane

Premier jour de vacances. Ciel lunatique, capricieux, propice à la paresse. Un coup de fil sort Hélène de sa torpeur matinale. C'est elle, Marguerite. Hélène rougit de honte, elle ne l'a même pas appelée pour lui donner ses notes, trop occupée à savourer sa petite gloire.

— Hélène, j'ai appris pour ton bac, bravo ! dit-elle d'une voix joyeuse, sans l'ombre d'un reproche.

Les mains moites sur le combiné, la jeune fille bredouille un merci. Elle voudrait ajouter « c'est grâce à vous », mais les mots restent coincés au fond de sa gorge.

— Passerais-tu ce soir à la maison pour fêter ça ?

Hélène accepte sans réfléchir. Quel honneur ! Elle, villageoise de rien, va découvrir où vit la magicienne des mots, à quoi ressemblent sa maison, son jardin fleuri, son mari. Celui-là, s'il lui adresse la parole, elle s'évanouira. Excitée comme une groupie, elle en parle à son père qui semble heureux et flatté, à croire qu'il a reçu lui-même l'invitation. Elle enfile un pull ras du cou bleu marine et son jean clair, celui qui fait des jambes d'allumettes.

Le soir, sous un soleil impérial, son père la dépose de l'autre côté de la forêt devant un portail rouillé ouvert sur un chemin bordé de vieux hêtres. Elle marche dans la fraîcheur de l'allée. Arrivée dans une cour pavée, elle a un mouvement de recul en apercevant la maison. Ce n'est pas une maison basse et de pierre grise, comme la sienne, comme toutes les maisons par ici. Ce n'est pas non plus une de ces prétentieuses et modernes villas en béton comme s'en sont construites quelques notables. C'est un château avec une immense porte en anse de panier, deux petites tourelles aux extrémités, et des dentelles de pierre au sommet du toit.

Elle pense à Yannick, qui raconte souvent comment les seigneurs et riches négociants d'autrefois construisaient des manoirs aux murs épais, équipés de tours de guet, pour vivre à l'abri des paysans pauvres dont ils exploitaient le travail, ou à ces marins et capitaines qui, fortune faite aux Amériques ou aux Indes, se bâtissaient dos à la mer ces gentilhommières à l'épreuve des tempêtes.

Heureusement que Yannick n'est pas là, songe-t-elle, il serait en train de fulminer contre ces Parisiens qui se prennent pour des châtelains. Au village, il n'y a pas de chef, ni de riches ni de pauvres, mais un entre-deux, chacun sa petite ferme, son commerce, son emploi d'ouvrier ou de fonctionnaire. Tous ceux qui sortent du lot sont montrés du doigt, sauf les indispensables, comme les parents de Yannick, pharmaciens, ou comme le notaire, dépositaire des secrets du village.

Écrasée par la solennité du lieu, Hélène a l'impression d'entrer dans un temple. En guise d'offrande, elle a apporté dans sa sacoche un far aux pruneaux préparé par sa mère.

— La sonnette est cassée, s'écrie depuis le balcon la voix rauque de Marguerite. Ne marche pas sur la tortue, je la perds sans arrêt, elle doit encore dormir quelque part.

Hélène hésite entre les deux branches du majestueux escalier de pierre en forme de fer à cheval. Sur la dernière marche, un énorme vase de granite déborde de fleurs. L'intérieur, tout en boiseries finement sculptées, exhale une délicieuse odeur de cire. Pour la première fois, Hélène a la sensation de ne plus être en Bretagne, rien ici ne ressemble aux intérieurs modestes qu'elle connaît, remplis de Formica mêlant odeur de murs humides et de cuisine du jour.

Marguerite, visage radieux, surgit et l'entraîne dans un salon où règne une ambiance de joyeux désordre. Hélène remarque son parfum épicé, et les livres innombrables, bien rangés dans une bibliothèque, amoncelés en piles informes le long d'un mur ou en tas sur le piano à queue. Elle s'assoit sur un sofa en tissu. Ses pieds heurtent un vieux labrador qui gémit.

— Lord Byron, précise Marguerite. Il arrive tout droit de la SPA, personne n'en voulait, il lui manque un bout de patte arrière. Un chien boiteux, j'ai craqué.

L'animal quémande la caresse, vient poser la tête sur ses genoux. Même lui sent bon, s'étonne Hélène, ces gens ne sont pas comme nous. Elle reste muette, saisie par la grâce naturelle de Marguerite, si loin de la beauté intimidante de la prof qui les surplombait du haut de l'estrade. Des poignets fins, délicats comme de la porcelaine, une peau couleur miel qui n'existe pas dans le coin. Des bijoux discrets et élégants, à l'opposé des breloques de Mamie Alexine.

Marguerite lui pose des questions sur le bac, commente les résultats inespérés de tel ou tel camarade. Elle a le sourire et le regard fier d'un général d'armée revenu victorieux avec ses troupes. Puis, très vite, elle l'emmène dans le parc, la présente aux animaux, à son platane préféré qu'elle enlace, à la vigne vierge un peu déplumée depuis un terrible orage, aux roses trémières paresseuses, tardant à éclore. Un rocher en forme de champignon gigantesque qu'elle appelle le Pluton est planté au milieu du jardin.

— Le Pluton était là bien avant nous, il nous toise du haut de ses millions d'années, sourit-elle.

Le labrador les a suivies en boitillant. On entend une fauvette gazouiller dans les fourrés. Sur le vieux portique, une fillette se balance, cheveux dans le vide. À tout moment, son crâne pourrait se fracasser sur le sol mais, dans un geste élégant, elle se redresse sur la planche et salue, majestueuse, comme une gymnaste après une épreuve olympique. Une gymnaste asiatique à en juger par ses cheveux noirs et raides et ses yeux en amande.

— Je te présente Lilly, dit Marguerite, ma fille.

Vêtue simplement d'une culotte de coton, la petite se plante devant Hélène, la jauge sans un sourire, avant de filer.

— Elle est farouche, mais pas méchante, tu verras.

Au fond du jardin, entre les ronces et les feuillages, serpente un chemin dallé de pierre qui mène à une maisonnette en bois étrangement basse, moitié cabane, moitié maison des sept nains.

— Le domaine de mon mari, Raymond, explique Marguerite en tirant sur sa menthol. C'est là qu'il écrit.

Quelques minutes plus tard, une silhouette dégingandée, cheveux poivre et sel, barbe de trois jours, émerge du fond du jardin. Hélène reconnaît l'homme de la photo. En plus vieux.

— Hélène, je te présente mon mari, Raymond, célébrissime auteur de romans policiers. Raymond,

Hélène, mon élève, ma découverte, mon triomphe, les meilleures notes du Finistère.

Hélène rougit et baisse les yeux, c'est la première fois qu'on lui accole de tels compliments. Et aussi qu'elle rencontre quelqu'un qui passe à la télé. Il la regarde à peine, articule péniblement un bonjour, allume une minuscule cigarette et retourne dans sa cabane.

— Quand il écrit, c'est un ours, explique Marguerite. Ne fais pas attention.

Elles dînent en tête-à-tête sous l'ombre fraîche du platane. Une assiette est posée pour le grand écrivain, mais il ne daigne pas se montrer. Le chien dort à l'ombre de l'imposant rocher. Lilly passe de temps en temps picorer une olive avant de retourner sur sa balançoire. « Quasimodo ! » hurle-t-elle, à la recherche de son chat disparu.

— J'ai acheté des langoustines et des huîtres à Morlaix. On se nourrit de fruits de mer depuis qu'on vit ici.

Hélène n'ose pas lui dire que personne ne mange de fruits de mer par ici, c'est cher et ça ne tient pas au corps. Marguerite débouche une bouteille de champagne qu'elle verse dans des verres en cristal, et lève le sien :

— À tes notes !

— À nos notes, rectifie Hélène.

Marguerite lui parle de son enfance à Paris :

— Je me suis beaucoup ennuyée. Heureusement, j'ai découvert la poésie à l'adolescence, comme un poison violent. Puis la peinture. En peignant les toits de Paris depuis le hublot de ma chambre, j'ai vu la beauté, le mouvement de la vie, là où les autres ne voyaient que des tuiles de cheminée, du zinc et des gouttières. Au fond, les poèmes et les toiles disent la même chose : il y a deux vies, celle qui est sous nos yeux, et celle qui nous échappe. Le peintre et le poète ne font que voir et montrer ce qu'ils ont vu. À partir du collège, toutes les nuits, j'ai rêvé que je marchais dans les rues pour quitter la maison de mes parents. Je crois que toutes les filles savent qu'un jour elles partiront. Je te ressers ?

Chaque mot de Marguerite provoque une étincelle dans le cœur d'Hélène. Elle voudrait voir le monde avec ses yeux, nager dans ses pensées.

Au moment du dessert, Raymond se joint à elles, l'air épuisé. Il s'assoit en face d'Hélène, la regarde, mi-blasé, mi-intrigué, elle fixe une pâquerette par terre. Mais sent son regard.

— Je n'en peux plus de ce roman, je n'y arrive pas, c'est mon dernier livre, lâche-t-il en se servant du champagne.

— Tu dis ça à chaque fois et tu nous ponds un best-seller, répond Marguerite qui semble lasse, tout à coup.

Dans le bibliobus, Hélène a trouvé et dévoré la plupart des ouvrages de Raymond. Son premier livre, son plus grand succès, raconte son adolescence marquée par le suicide de sa mère et l'étude de la Bible. Le deuxième explique comment la littérature a remplacé la foi. Tous les suivants sont des romans noirs dont le héros, un détective génial et alcoolique, souffre de mélancolie aiguë.

Sa parole comme ses passages à la télé sont rares mais recherchés, et ses conférences attirent des centaines de groupies, des femmes pour la plupart. C'est un « conteur de génie, parlant peu mais juste, aux formules enthousiastes ou assassines », d'après l'article épinglé dans la chambre d'Hélène. Au CDI, elle a lu dans une revue littéraire que, « agrégé de philosophie, il a choisi la voie de la facilité et du succès ». Toujours dans l'article du *Télégramme*, il répond que les critiques, jaloux, n'aiment que les auteurs morts ou soumis. « Moi, je descends la littérature de son piédestal, je l'emmène dans la rue, je la partage avec ceux qui en ont le plus besoin. Je préfère montrer la vie plutôt que penser l'existence, partager au lieu de démontrer. Et les romans policiers touchent plus de gens que les manuels de philo. »

Hélène se garde bien de lui dire qu'elle a lu tous ses livres. Elle a sauté beaucoup de pages consacrées aux obsessions de son détective dépressif, et traqué les passages où, au détour de l'intrigue, s'échappe un moment d'intimité, une anecdote, qui aurait permis de rentrer par effraction dans la vie de Marguerite. Elle songe qu'elle va relire tous ses livres à la lumière de leur rencontre sous le platane, pour chaparder quelques indices le concernant.

Elle les regarde vider la bouteille de champagne puis en ouvrir une autre. Ils viennent d'un autre monde et ne semblent pas s'en rendre compte. Chez elle, on débouche le champagne une fois l'an, pour la Saint-Sylvestre. Une seule bouteille, qu'on boit lentement, avec cérémonie, comme un breuvage magique. Marguerite parle vite, ses yeux brillent dans le clair-obscur. Par contraste, Raymond parle peu et lentement, comme si, après avoir tout écrit, il n'avait plus rien à dire.

La soirée passe comme un souffle, Raymond semble plus détendu, il lui remplit son verre, l'interroge sur ses origines, celles de ses parents. Le fait que ses ancêtres viennent d'un rayon de cinquante kilomètres entre Brest et Morlaix le fascine. Il la dévisage et la questionne comme si elle était la seule survivante d'une peuplade disparue.

Marguerite reste silencieuse et tire sur sa cigarette, une ombre voile soudain son regard. Hélène ne lui a jamais parlé de sa famille, la littérature leur suffisait. En cet instant, elle voit que lui s'emplit quand elle se vide. Comme les deux bulbes d'un sablier.

— J'aime tellement ce coin, continue Raymond, cette forêt, cet océan de rochers, les couleurs du ciel. Quand on est né ici, il est impossible de partir, j'imagine.

Sous le regard de Raymond, les mots sortent difficilement de la bouche d'Hélène, sa langue colle au palais.

— Mon père pense comme vous. Moi, je ne sais pas, je n'ai jamais connu autre chose. Il faut avoir parcouru le monde pour savoir qu'ici on est au bon endroit.

— Et vous parlez breton ? poursuit-il. C'est une telle chance d'avoir une double identité.

— Non, ma mère a refusé de nous l'apprendre, elle dit que ça ne nous servira à rien. Et que c'est bon pour les touristes !

Raymond la fixe de ses yeux brillants et sourit, comme atteint par cette flèche.

— On dit que la Bretagne est un rare exemple de matriarcat dans les sociétés occidentales, qu'en pensez-vous ?

— Chez moi, ma mère travaille et mon père a arrêté pour s'occuper de nous, mais je ne sais pas si c'est représentatif de la Bretagne.

Avec emphase, il poursuit :

— Dans les villages de bord de mer, l'océan écrase tout, rien ne peut lutter devant sa force. Ici, dans les terres, la nature ne surplombe pas, elle laisse la possibilité de vivre à ses côtés.

Enhardie par le champagne, Hélène éclate de rire, elle ne pensait pas que son village pût inspirer tant de lyrisme. Tout à coup, Marguerite se lève d'un bond, dit qu'il est tard, qu'elle a trop bu, et demande à Raymond de raccompagner Hélène. Elle a le visage éteint et la bouche affaissée. Son mascara a coulé, elle ressemble à une rose fanée.

Avant de quitter la maison, Hélène observe de nouveau Lilly. Elle chante, fait la roue, tourne sur elle-même, légère, bondissante. La nuit est tombée, mais personne ne lui ordonne d'aller se coucher. La famille de Marguerite est une planète autonome, libre, affranchie des conventions. Comme elle aurait aimé grandir avec eux.

Elle monte à côté de Raymond dans un gros 4 × 4 blanc. C'est la première fois qu'elle embarque à côté d'un inconnu. L'odeur boisée de son eau de Cologne flotte dans l'habitacle. Il suffirait de tendre le bras pour toucher sa main.

Pendant le trajet, on n'entend que le moteur qui gronde comme dans un film américain. Hélène cherche quelque chose d'intelligent à dire, fixe la lune et implore son aide.

— Pourquoi êtes-vous devenu écrivain ? lâche-t-elle finalement, regrettant immédiatement cette banale et indiscrète question.

Pas de réponse pendant quelques interminables secondes. Puis :

— Et pas pompier, tu veux dire ? J'étais mauvais en maths et nul en sport. Je voulais devenir prêtre mais Dieu m'a abandonné à l'adolescence. J'étais perdu, sans projet ni avenir. Pour échapper à l'ennui, j'ai commencé des études de philo et noirci un cahier qui est devenu un livre à succès. Ensuite, j'ai continué.

Hélène pense aux pages de ce premier livre où il raconte avoir trouvé sa mère pendue à une poutre du grenier en rentrant de l'école, qu'il a décrochée et descendue tout seul sur son dos avant d'appeler les pompiers.

Le silence a changé de nuance, s'est alourdi comme un nuage avant l'orage. Heureusement, en arrivant au village, il y a le chemin à indiquer.

Hélène voudrait rester là, prolonger ce moment suspendu, poser d'autres questions. Elle a chaud, elle a froid, fixe ses chaussures et murmure un *merci, au revoir* avant de quitter la voiture sans un regard.

Son père, assis dans la cuisine, l'attend les yeux dans le vide.

— Papa, tu n'es pas couché ? Qu'est-ce qui se passe ?

— Je n'arrivais pas à dormir. Avec tous ces jeunes qui se tuent sur la route, j'ai eu peur pour toi.

— Je suis crevée, Papa, à demain.

Elle sait qu'il a veillé tard, qu'il brûle d'entendre tous les détails de ce dîner. Mais elle ne veut pas partager, passe devant lui et lui dit à peine bonsoir, elle veut rembobiner toute seule le fil de la soirée. Pardon, Papa.

Toute la nuit, la voix de Raymond résonne dans ses oreilles, chaude et douce, comme un feu de cheminée.

Au bonheur des dames

Paris, 1947

Quand ses patrons partaient à la campagne en fin de semaine, Odette profitait de sa liberté retrouvée pour arpenter la grande ville.

Elle engloutissait ses maigres gages chez les bouquinistes le long de la Seine. Rue de Rennes, elle s'arrêtait devant les Magasins réunis et s'inventait une autre vie en admirant les tenues des mannequins dans la vitrine. Devant les silhouettes élégantes des clientes qu'elle voyait entrer dans la boutique puis disparaître en haut du grand escalier central, elle s'imaginait en femme riche, libre, éduquée et délurée à la fois, déambulant d'un étage à l'autre dans un tourbillon de luxe et de beauté. Jamais elle n'aurait osé entrer dans ce magasin avec sa vieille robe de laine noire et ses souliers râpés. Quand le froid commençait à grignoter ses pieds, c'était le signal, elle regagnait sa chambre mal chauffée, avec lavabo dans le couloir.

Malgré la dureté du travail, l'inconfort et la solitude, elle commençait à s'habituer à sa nouvelle vie. À son étage, sous les toits, se trouvait une autre bonne bretonne, de Paimpol, qui lui faisait des gâteaux cocotte dans sa casserole en fonte et des vraies frites, comme elle disait. Elle baragouinait le français et parlait souvent de sa famille restée en Bretagne, et surtout d'un mystérieux cousin qui faisait briller ses yeux. « Mon cousin travaille chez Renault, mon cousin m'a emmenée danser », disait-elle, jusqu'au jour où Odette comprit qu'un cousin, c'était un amoureux. Sa voisine insistait pour l'emmener au bal des Bretons où elle trouverait, elle aussi, un cousin. Mais Odette avait honte de ses habits, de sa coiffure, de ses souliers, elle n'avait pas sa place au bal. Sur le même palier vivait aussi une Polonaise très pieuse qui pleurait son mari mort à la guerre et se rendait régulièrement à des séances de spiritisme pour communiquer avec le défunt. La présence de ces compagnes de servitude la réconfortait.

Un dimanche après-midi, pour fuir le froid de sa chambre, elle s'attarda dans la bibliothèque de son maître, et tomba sur l'intégrale des Rougon-Macquart, qu'elle commença à dévorer sur place. À partir de cet instant, les dimanches de lecture, affalée dans le fauteuil en cuir vert bouteille de Monsieur, remplacèrent les déambulations dans Paris. Dès que la Rosengart de ses patrons passait le coin de la rue, elle dévalait les escaliers. Zola lui parlait d'elle avec ses jeunes filles pauvres de province englouties par la capitale, ses riches bourgeois satisfaits, l'impossibilité d'échapper à la condition de sa naissance. Et puis, elle y trouvait une description minutieuse de l'abondance des grands magasins, qui la transportait dans un monde parallèle.

Un jour, Monsieur, revenu plus tôt de la campagne, la surprit pelotonnée dans son fauteuil, tellement absorbée par sa lecture qu'elle ne l'avait pas entendu entrer dans la pièce.

— Mais vous savez lire, Marie ?

Odette sursauta, songea un instant à mentir, dire qu'elle s'occupait des poussières, mais le maître semblait plus surpris que fâché. Et lire n'était pas un crime.

— Je suis allée à l'école du village jusqu'à la cinquième. Puis les Allemands sont arrivés, et l'école a fermé.

L'homme écarquilla les yeux :

— Et tu aimes la lecture ?

— Mon père avait une bibliothèque, j'y ai passé beaucoup de temps pendant la guerre, répondit Odette d'une voix fluette mais déterminée.

Il la fixa longuement avant de conclure :

— Tu peux continuer à lire tout ce qu'il y a ici quand Madame est absente, ce sera notre secret.

Désormais, il prétextait parfois un travail à achever pour échapper aux week-ends à la campagne. Il cherchait la compagnie de sa bonne, lui conseillait des livres, lui lisait des passages à haute voix. Un dimanche, il lui dit qu'elle était douée et irait loin. Un autre, il lui offrit une robe, des chaussures et un manteau, demandant à les voir sur elle. Odette ne savait pas refuser ces offrandes, ne savait pas non plus l'en remercier, embarrassée par cet intérêt qu'il lui portait soudain. Elle aimait de moins en moins la façon dont il se postait derrière sa chaise pendant qu'elle lisait. Il tenait à lui apprendre des poèmes, la frôlait de plus en plus, lui prenait les mains, lui caressait la joue. La mort dans l'âme, elle renonça aux séances de lecture, préférant s'échapper de la maison le dimanche et retrouver ses copines de la rue de l'Ouest. Malgré ses habits neufs, elle évitait toujours les bals car, depuis qu'elle avait repris la lecture, le monde réel, les hommes, surtout, l'effrayait. Elle n'avait pas perdu son père, sa mère et sa Bretagne pour finir au bras d'un serveur auvergnat ou d'un maçon creusois. Monsieur lui avait dit qu'elle valait mieux que ça, mais quoi ?

Un soir, on frappa à sa porte, elle entendit la voix de son maître :

— Pourquoi ne viens-tu plus lire à la bibliothèque ? Je t'ai attendue, hier.

— Je rends visite à une vieille tante malade, mentit-elle.

— Ouvre-moi, je t'ai apporté des livres.

Elle ouvrit. Monsieur se jeta sur elle. Lui dit qu'elle était belle, qu'il l'aimait, et qu'il ne fallait rien dire à Madame. Dans ses lectures d'adolescente, la jeune fille avait lu des pages troublantes à propos de ce sentiment merveilleux qu'on appelle l'amour. Il n'avait pas l'allure d'un homme mûr à l'odeur de cigare. Terrifiée, elle se débattit de toutes ses forces. Elle en avait entendu, des histoires de bonnes troussées par leur maître. Elle le repoussa, mais il était plus bien plus fort et sa longue chemise de nuit remonta irrésistiblement.

— Allons, allons, je ne veux pas te faire de mal, laisse-moi faire, voyons.

Tout à coup, dans sa chair, une douleur inouïe. De longues minutes, elle supporta ses lourdes secousses, ses ahanements effrayants jusqu'à ce qu'il se tende comme une poutre au-dessus d'elle et se laisse brutalement retomber. Il se leva sans bruit, remonta son pantalon et lâcha d'une voix blanche :

— J'ai posé les livres sur la chaise.

Après cette agression, Odette vécut dans la peur. Tous les soirs, elle se barricadait en poussant sa table de nuit contre la porte. Quand sa voisine de palier découchait pour retrouver son fiancé, lui laissant la clé de sa chambre, elle s'y réfugiait pour tromper l'ennemi. Au moindre craquement de plancher, elle se réveillait le cœur battant, en sueur, sous ses deux couches de vêtements. Au bout de trois mois sans une visite du maître, Odette se crut tirée d'affaire, il avait sans doute trouvé une autre proie.

Mais un matin, de violentes nausées l'empêchèrent d'assurer son service. Sa patronne, exaspérée, finit par appeler le médecin.

— Cette jeune fille est enceinte, dit le docteur à Madame, sans un regard pour Odette.

Après son départ, elle expliqua à la bourgeoise aux joues empourprées de rage que son mari était monté un soir dans sa chambre. Elle avait bien essayé de le repousser, mais il était trop costaud. Madame la gifla si fort que la jeune fille tomba à la renverse, avant de fuir dans sa soupente.

Après la visite du médecin, la maîtresse ne lui adressa plus la parole. Elle lui laissait des mots avec le travail à faire mais s'arrangeait pour ne jamais se trouver dans la même pièce qu'elle. Elle ne croisa pas plus Monsieur et s'aperçut qu'il ne venait plus à la bibliothèque. Le soir, quand elle les servait à table, il ne quittait pas son assiette des yeux. Odette passait ses journées à laver, lessiver, récurer, éplucher et surveiller les enfants au parc. Submergée par la honte, elle n'osa parler de son état à ses amies de la rue de l'Ouest. D'ailleurs, il ne se voyait pas, à six mois, sa taille s'était un peu épaissie mais son ventre semblait à peine moins plat. Elle se souvenait de récits d'accouchements de son père, dans les fermes des monts d'Arrée, souvent sur la paille des étables car les lits clos étaient trop étroits. Au village, une naissance était suivie par trois jours de fête, pendant lesquels défilaient auprès de la jeune maman toutes les voisines, les bras chargés d'offrandes. Odette avait plusieurs fois accompagné sa mère à ces cérémonies de naissance, elle se souvenait des montagnes de victuailles posées sur la table, des hommes assis à jouer aux cartes, pendant que les femmes entouraient le nouveau-né emmaillotté. Odette se demandait où les bébés pouvaient bien naître à Paris, et elle avait peur.

Un jour, à l'approche du huitième mois, tandis que ses vêtements commençaient à se tendre, sa maîtresse lui demanda de la suivre pour une visite médicale dans une grande bâtisse grise à l'allure de prison, la clinique Saint-Ursuline. Sur place, deux bonnes sœurs, robe noire avec collet blanc et cornette sur la tête, l'escortèrent vers sa chambre où elles l'enfermèrent. Elle y resta jusqu'à l'accouchement. Le jour de la naissance, elle entendit le cri de son enfant, qu'une infirmière à la mâchoire carrée lui posa sur le sein avant de l'emmener hors de la chambre dans un berceau en fer. Elle eut juste le temps de voir la beauté de sa fille, l'ourlet parfait de ses lèvres, le dessin de ses pommettes, et de respirer son odeur de lait. Elle dormit longtemps et, au réveil, la mâchoire carrée se tenait devant elle accompagnée d'un médecin, à l'expression grave sous ses épais sourcils.

— Mademoiselle, un drame s'est produit. Votre fille était atteinte d'une malformation cardiaque. La pauvre n'a pas survécu. Dieu veille sur elle, à présent.

Il allait sortir mais ajouta :

— Ah, et on va devoir vous administrer une purge pour stopper votre montée de lait.

Odette n'eut pas le droit de voir le corps de son enfant, *il est parti pour la science*, lui dit l'infirmière d'un ton qui n'appelait pas de question. Deux jours plus tard, les infirmières lui ordonnèrent de quitter les lieux. La dame de l'accueil, sans lever le nez de ses papiers, lui tendit une enveloppe que Madame avait laissée à son intention avec dix billets de cent francs – un an de salaire – et une étrange lettre de recommandation, dénuée du moindre compliment.

De retour dans sa soupente de la porte Maillot, elle constata que la serrure avait été changée. Personne ne répondit quand elle appuya sur la sonnette du grand appartement, malgré la lumière aux fenêtres. Sa petite valise à la main, elle trouva refuge quelques jours chez sa voisine polonaise, à qui elle cacha les raisons de sa disgrâce.

— Je suis retournée au pays quelque temps, lui dit-elle.

La tristesse, le vide et la douleur la clouèrent au lit plusieurs semaines. La Polonaise, inquiète pour la santé de sa camarade, insista pour l'emmener chez un chamane dans une minuscule chambre de la chaussée de la Muette. L'homme lui toucha le ventre et les épaules et, quand il lui dit qu'il sentait la présence d'un enfant parmi eux, elle s'enfuit dans la nuit.

L'odeur de la mère

Paris

Marguerite n'a jamais su être une mère affectueuse. Quand la directrice de l'orphelinat de Saïgon lui avait confié Lilly, elle avait déjà trois mois. Dieu sait ce que l'enfant avait vécu durant ses premières semaines. Elle pleura sans interruption pendant les douze heures du vol retour vers Paris, avant de s'endormir dans les bras de Raymond à Roissy. Marguerite en garda l'idée qu'elle était inapte à consoler les bébés. Elle s'occupait de Lilly la peur au ventre, se levant la nuit au moindre froissement de draps. Ses cris d'animal affamé réveillaient en elle des terreurs enfouies et la plongeaient dans un état de sidération. Sûrement affectée par ces angoisses, l'enfant gardait ses distances, choisissant les genoux ou les bras de son père plutôt que les siens.

Elle ne connaît pas les gestes d'une mère parce qu'elle ne les a jamais reçus. Benjamine d'une famille de trois, elle a grandi au dernier étage d'un immeuble haussmannien de l'ouest parisien, coincée entre un père magistrat toujours absent pour son travail et une mère au foyer qui ne l'a jamais touchée ni regardée. Celle-ci adorait ses deux fils aînés, les emmenait au manège, leur achetait des glaces et des pralines, pendant que Marguerite restait dans sa chambre lilliputienne à regarder le ciel au-dessus des toits, comme pensionnaire dans sa propre famille.

Elle a longtemps pensé que c'était le lot des filles.

Son père aussi gardait ses distances mais, dans son regard doux, elle devinait qu'il l'aimait. En cachette, il lui donnait de l'argent de poche, des sommes astronomiques pour une enfant, qu'elle dépensait en bonbons, et plus tard en livres et matériel à dessin. Parfois, mais toujours et seulement quand ils étaient seuls, il lui passait la main dans les cheveux ou déposait sur son front un bref baiser sec et chaud au parfum de tabac.

Au début, elle jalousait ses frères, toujours parfaitement coiffés et habillés. De sa chambre située tout au bout du couloir, elle entendait leur rire résonner dans le hall quand leur mère les chatouillait et les couvrait de baisers. Son enfance à elle était remplie de silence et de moments non advenus. Ils la considéraient comme une présence familière, ni amie ni hostile, avec la même indifférence tranquille et naturelle qu'ils voyaient leur mère appliquer à celle qu'ils n'entendirent jamais qualifier de sœur.

À l'entrée au collège, elle perçut enfin l'avantage de sa situation. Pendant que ses aînés étudiaient dans un collège privé catholique puis poursuivaient à la maison avec un austère tuteur, elle fréquentait le collège public du quartier. Les cours s'achevaient à 16 heures, lui laissant un temps infini pour lire, rêver, flâner. Alors elle commença à peindre. Rapidement, le sol de sa chambre fut jonché de croquis et d'esquisses. Sur ses toiles, des vues panoramiques du ciel de Paris, des enchevêtrements d'ardoises, de briques et de tuyaux de cheminée. Dans ses croquis, la sinistre porte Maillot devint une grandiose cathédrale, caressée par la lumière. Elle n'avait jamais vu la mer, mais l'été, quand les Parisiens quittaient la ville et qu'elle restait seule avec la gouvernante, dans le grondement du chantier du périphérique naissant, elle entendait le bruit des vagues. « Tu fais surgir l'immensité par le chas d'une aiguille », lui dit un jour son prof de dessin.

Après le bac, elle s'inscrivit aux Beaux-Arts et à la Sorbonne. Au printemps, dans un café de Saint-Michel, elle aperçut, arc-boutée sur un flipper, une grande silhouette ascétique, yeux bleu acier, cheveux ébouriffés : Raymond. Ils se reconnurent immédiatement, lui, de cinq ans plus âgé, orphelin taciturne d'origine polonaise et banlieusarde, elle, enfant mal-aimée des beaux quartiers.

Ils partagèrent un café, un déjeuner sur un banc face à la Seine, puis un baiser. Deux jours plus tard, un vendredi, tandis que son père était au travail, sa mère chez le coiffeur, et la bonne au marché, elle emplit deux cartons à dessins, tira d'un placard une grosse valise qu'elle bourra de livres et entassa ses quelques vêtements dans un sac à provisions. Elle posa sa clé dans le vide-poches de l'entrée, claqua la porte et, sans se retourner, dévala l'escalier de service jusqu'à Raymond qui l'attendait dans la rue.

Auprès de lui, elle découvrit les moments légers, la joie enfantine, les rires printaniers. Et surtout l'amour, avec le petit ou le grand A, elle n'a jamais su. Au début, le simple fait d'être touchée, embrassée, enlacée, câlinée lui sembla proprement surnaturel, presque embarrassant.

Ils passèrent l'agrégation la même semaine, lui philo, elle lettres classiques, et commencèrent à enseigner. Une vie bien rangée et studieuse de jeunes professeurs, jusqu'à ce que le journal d'adolescent sombre et mystique de Raymond atterrisse sur le bureau d'un éditeur et lance sa carrière d'écrivain. « Aube et crépuscule, la douceur de Verlaine, le cynisme de Cioran, la naissance d'un auteur », avait titré *Le Figaro*.

Avec le succès inattendu de ce livre, l'argent se mit à pleuvoir sur eux. Qu'un journal intime se transforme en or leur parut saugrenu, ils en dépensèrent jusqu'à la dernière pièce, comme s'ils l'avaient trouvé par hasard sous le matelas d'une vieille tante, avant qu'un notaire ne le leur réclame.

Les photos de cette époque montrent un couple flamboyant, elle Jean Seberg, cheveux courts, robe noire, sandales plates, lui Romain Gary, chemise ouverte, pantalon en flanelle, et volutes de fumée blanche. Après son passage à la télévision, les gens se mirent à le reconnaître dans la rue et elle était fière d'être la femme du jeune écrivain prodige. Quand ils avaient fini leurs cours, ils se retrouvaient pour déjeuner ; les serveurs, charmants, offraient le champagne, il arrivait même que le patron offre le repas, trop heureux d'avoir dans son établissement pareille tête d'affiche. Ce fut leur époque « rois du monde ». Dans les soirées de Saint-Germain-des-Prés, ils avaient inventé un jeu, elle se laissait approcher par de vieux écrivains libidineux, lui endurait avec patience les éloges d'admiratrices échauffées, puis, quand ils estimaient que ça avait assez duré, un regard suffisait, il s'extrayait de son banc de sardines, l'arrachait des griffes des mâles dépités et ils détalaient dans la nuit pour s'aimer sous un porche ou dans un jardin public.

Elle ne remit jamais les pieds dans l'immeuble de la porte Maillot mais, quinze ans plus tard, devant le lycée Carnot où elle enseignait, apparut une silhouette familière : son père. Posté devant l'Abribus, il l'attendait. C'était bien le gentil monsieur d'autrefois qui lui donnait deux sous en cachette, mais dans une version vieillie, voûtée, fripée.

Après d'étranges et gênées politesses d'usage, il proposa de lui offrir un verre, lui qui jamais n'avait dîné en tête-à-tête avec sa fille. C'était cocasse et troublant. Ils se retrouvèrent au café du coin, maladroits, empruntés, à la fois intimes et étrangers. Il resta silencieux. Marguerite l'observait, la gorge serrée de le voir si vieux, si triste, se sentant coupable de l'avoir jeté au fond du même sac d'oubli que les autres. Heureuse aussi que lui ne l'ait pas oubliée. Il portait toujours le même parfum. Qu'avait-il à lui dire ? Lui en voulait-il d'être partie comme une voleuse, sans avoir jamais donné signe de vie ? Elle ne s'était pas embarrassée de ces questions, emportée par sa fuite, transportée dans une nouvelle existence qui emplissait le vide de la précédente. Elle voyait bien qu'il voulait lui parler, mais les mots restaient coincés, ensevelis sous le poids de la peur, des sentiments, du remords.

Tout à coup, comme si un bouchon de champagne avait sauté au fond de sa gorge, les mots se mirent à galoper. Il lui raconta ce qu'elle savait depuis toujours sans jamais avoir osé ou voulu le demander : elle n'était pas la fille de sa mère. Elle était la fille d'une employée de maison avec qui il avait eu une brève liaison. Quand sa femme avait découvert la grossesse de sa bonne et obtenu les aveux du mari, elle avait chassé la jeune fille mais gardé l'enfant. Hors de question que leur bonne, mineure, avorte. C'était alors un crime puni de prison, mais surtout un péché contraire à sa foi. Et puis, ça aurait pu se savoir dans leur entourage et elle ne l'aurait pas supporté.

Marguerite sentait un monstre enfler dans sa gorge.

— Pourquoi ne pas m'avoir laissée à ma vraie mère ?

— Pour la punir. Ou me punir, je n'ai jamais su.

Il lui tendit une photo découpée dans un journal sur laquelle posait une frêle jeune fille, vingt ans au plus, manteau noir boutonné jusqu'au menton, deux nattes remontées en chignon au-dessus des oreilles. Bouille juvénile, sourire timide, mais dans le regard la dureté de la pierre.

Derrière elle, une devanture de boutique ornée d'une inscription en lettres capitales : « Bretons de Saint-Denis ».

— Elle s'appelait Marie, mais c'est le prénom qu'on donnait à toutes nos bonnes. Elle aimait lire, elle était sensible et intelligente, le contraire de ma femme. Je n'ai jamais su ce qu'elle était devenue, lui dit son père tristement, le regard lointain. Mais c'est vrai que je n'ai pas beaucoup cherché. C'est la concierge qui m'a donné cette photo.

Marguerite se sentit envahie par un tourbillon d'émotions. Enfant, tant de fois elle avait rêvé que sa mère la serre dans ses bras et que son père l'emmène faire un tour en barque sur le lac du bois de Boulogne. Qu'on la fasse tournoyer en l'air comme un avion. Avoir de vrais parents, elle savait ce que c'était, elle en voyait partout autour d'elle. Tant de fois, elle avait pleuré seule dans sa chambre après l'anniversaire d'un de ses frères parce que personne ne songeait à lui fêter le sien, sauf parfois son père, furtivement, d'un éclair au chocolat ou d'un petit jouet. À la sortie de l'école, il lui arrivait de suivre une femme dans la rue, juste pour ressentir le plaisir de rentrer de l'école avec sa mère. Il y avait toujours un moment où l'inconnue disparaissait derrière une porte cochère, la laissant seule avec le vide.

Ainsi, elle avait quelque part sur terre une mère à aimer. Une mère qui attendait qu'elle frappe à sa porte. Au fond, c'est comme si elle avait été mise en pension pendant toutes ces années, et maintenant il était temps de rentrer à la maison. Elle remercia son père pour ce cadeau tardif mais inespéré. Il ne sut que faire de ces remerciements, et ce n'est que quand il se leva péniblement, comme épuisé par ce qu'il avait porté toutes ces années, que Marguerite fondit en larmes. Il était beaucoup trop tard pour la consoler, il ne sut que lui passer la main dans les cheveux, comme autrefois, avant de glisser comme une ombre vers la sortie.

Passé le choc de ces révélations, Marguerite s'était juré de retrouver la jeune Marie de la photo, sa mère.

L'enquête s'annonçait longue et difficile. Après plusieurs rendez-vous à l'amicale des Bretons de Saint-Denis, de fausses pistes en espoirs déçus, de portes closes en témoins défunts, elle envisagea de renoncer, ça faisait si longtemps.

La délivrance arriva lors d'une visite avenue de Stalingrad chez Jackie, retraité de la RATP. « Bien sûr que j'ai connu Marie, elle était permanente au syndicat, un sacré bout de bonne femme. Une belle fille aussi, toujours plongée dans ses livres. Elle n'est pas restée longtemps, un an, peut-être deux, mais bien assez pour que j'aie le béguin. Mais pas facile comme fille, pour ce que j'en ai vu, pas vraiment intéressée par la chose, si vous voyez c'que j'veux dire... Un dimanche, au bal, ça, je m'en souviens, elle nous a dit qu'elle rentrait dans son village natal en Bretagne. J'étais surpris car elle semblait bien intégrée ici. Je ne l'ai jamais revue. »

— Je sais où est ma mère, en Bretagne ! avait lancé Marguerite à Raymond en rentrant de son périple, les yeux mouillés et les mains tremblantes. Et si on faisait un enfant pour fêter ça ?

Raymond avait interrompu sa lecture et son regard s'était allumé comme une ampoule. En dix ans de vie commune, entre les cours à l'université et l'écriture de leurs thèses, jamais le désir d'un enfant n'avait surgi entre eux. Maintenant que Marguerite en parlait, ce désir les foudroyait. Marguerite se sentait légère, heureuse d'avoir brisé un tabou, franchi cette porte fermée entre eux depuis si longtemps.

Mais l'enfant ne vint pas. Ils consultèrent des spécialistes, et même des psys, passèrent des tests et encore des tests, et le verdict tomba, froid comme une éprouvette : elle était stérile.

C'est à ce moment-là que Raymond avait inventé un personnage de détective qui lui ressemblait, sombre et mélancolique, sillonnant la nuit au milieu des prostituées, des travestis et des dealers. Enfermé dans son bureau, il passait ses nuits à fabriquer les aventures de son commissaire, qui séduisirent immédiatement des milliers de lecteurs. Il arrêta ses cours de philo, ça ne rimait plus à rien.

Trois ans plus tard, Lilly entra dans leur vie, occupa tout l'espace, et dissipa l'urgence pour Marguerite de retrouver sa mère. Jusqu'à ce matin d'août où Lilly s'avisa qu'elle n'avait ni grand-père ni grand-mère. Et pas non plus de « vraie » mère, avait-elle ajouté entre deux sanglots. Marguerite décida qu'il était temps de partir à la recherche de ses origines.

Elle avait rappelé Jackie pour en savoir plus :

— La Bretagne, c'est grand, vous ne vous souvenez pas d'un nom de ville ?

— C'est loin tout ça… Je me demande si elle n'a pas parlé d'une forêt…

— Brocéliande ?

— Non, ça je me rappellerais. Non, une forêt du haut ou du bas, un truc comme ça, et d'un village au bout du bout de la Bretagne, bien plus loin que le terminus du métro, elle avait dit en rigolant.

Après s'être usé les yeux sur une carte Michelin et la liste des communes et lieux-dits, Marguerite ne vit qu'un seul endroit pouvant correspondre vaguement au souvenir du vieil homme : un gros bourg nommé le Bois d'en Haut, dans le Finistère.

Aucun poste disponible à la fac de Brest, mais le lycée du patelin cherchait une prof remplaçante en français.

La mort n'est rien

Le Bois d'en Haut, juillet 1994

Juillet est interminable au Bois d'en Haut. Après une journée maussade, où le soleil fait de brèves et chaudes sorties puis se cache derrière un banc de nuages, il apparaît en soirée, aveuglant, nous rappelant qu'il est le maître, et refuse de se coucher. Alors on admire le ciel ocre, orange, rouge, en silence, on traîne, on déambule, on se sent immortel.

Tous les matins, Yannick vient sonner chez Hélène vers 11 heures. Ils vagabondent jusqu'au soir, hanche contre hanche ou main dans la main, et s'embrassent derrière les fourrés. Yannick ne joue pas à l'adolescent sombre et torturé. Paisible comme un menhir, il lui dit qu'il l'aime et ne semble pas douter de la force de leur amour. Baignade dans le torrent glacé, excursion en forêt, sieste sous les saules noirs, la vie est douce en ce début de vacances.

Hélène aimerait tant être amoureuse, mais la magie n'opère pas. Leurs gestes lui semblent empruntés à d'autres, leurs mots doux volés aux comédies romantiques. Cette relation est agréable, mais si loin du coup de tonnerre qu'elle attendait.

Yannick fait des projets pour eux :

— Après le bac, on partira à Brest, j'étudierai la pharmacie, et toi, la littérature, ensuite on reviendra s'installer ici.

— Tu n'as pas d'autre rêve que reprendre la pharmacie de tes parents ?

— Non, pourquoi ? Il retire sa main de la sienne. Mon rêve, c'est de vieillir ici, avec toi, là où je suis né.

Elle reste silencieuse, pensive, il poursuit :

— Tu ne seras pas obligée de travailler. Faut pas l'dire trop fort, mais avec l'argent que mes vieux ont mis à gauche, et ce que rapporte la pharmacie, on peut vivre comme des rois.

Hélène sent la fissure entre eux devenir fossé. Lui se fiche pas mal de découvrir le monde. Malgré les cours de Marguerite, les livres, la philosophie, il reprendra la pharmacie, et sa vie s'écoulera, prévisible, comme la rivière d'Argent. Elle pense à son père qui lui répète souvent : « Travaille, gagne ton pain, comme ta mère et ta grand-mère, et surtout ne dépends jamais d'un homme. »

Son père, justement, se plaint depuis quelques jours de perdre la mémoire. « Je me souviens de mon enfance il y a quarante ans.

Mais pas du nom du facteur que je vois tous les jours. » Il fait des phrases courtes comme s'il avait peur de mélanger les mots. De plus en plus souvent, il se tait. D'habitude, par une si belle journée, Hélène et son père filent en cachette nager dans le bassin en contrebas de la cascade, interdit à la baignade depuis une noyade mystérieuse il y a longtemps. Pendant que son père tente d'attraper des crevettes avec son épuisette, Hélène nage lentement sur le dos, prenant le temps de réaliser un geste parfait. Elle sent la caresse du soleil, se grandit comme une déesse aux bras longs, voudrait que ce moment dure toujours. Et hop, le courant l'emporte jusqu'au noyau de la cascade, elle se laisse couler à pic, remonte des profondeurs et s'agrippe à un rocher. Son père n'a pas bougé, en équilibre sur une pierre, un seau à la main, concentré sur le flot de la rivière transparente. Parfois il chante les refrains de la messe, pour attirer les crevettes :

Je te bénis mon créateur
Pour la merveille que je suis
Tous ces trésors au fond de moi
Que tu as mis, sans faire de bruit

Hélène a cessé de croire en Dieu depuis bien longtemps, mais l'idée de décevoir son père la terrorise, alors elle chante de plus belle. Son père lui a appris à plonger dans l'eau glacée, à reculer sans hâte devant un sanglier, à remonter sur son cheval juste après la chute. Mais cet été, il souffre de migraines, manque d'énergie pour aller pêcher.

Un soir, en sortant de la piscine du camping avec Yannick, Hélène aperçoit Raymond, arrêté au stop dans sa Jeep Cherokee. Leurs regards se croisent. Elle lui fait un signe de la main, il répond et démarre en trombe. Yannick s'énerve contre « ce gros con en 4 × 4 qui se croit à Paris », elle hausse les épaules. Mais dans sa poitrine, son cœur tambourine. Elle sait bien qu'il est là, le coup de tonnerre.

Quand un bonheur paisible nous tend la main, pourquoi est-on attiré par l'abîme, l'étrange, le difficile ?

Quelques jours plus tard, tout excitée, elle dit à Yannick :

— Devine quoi ? Marguerite m'a appelée !

— Et ?

— Elle me propose de venir garder sa fille tous les après-midi. Elle fait passer des examens à la fac de Brest pendant le mois de juillet, elle a peur que la petite s'ennuie. 30 francs par jour, dis donc, c'est pas mal !

Le visage de Yannick s'assombrit.

Depuis, tous les jours, à 14 heures, il la dépose à scooter devant le manoir et la récupère le soir. Elle voit peu Marguerite, déjà évaporée quand elle arrive, et à peine Raymond, reclus dans sa remise. Au début, elle le guette, espère l'apercevoir, le frôler, reprendre le fil de leur conversation. Tous les matins, les cheveux lissés, elle choisit soigneusement un tee-shirt et le jean assorti, mais rien ne se passe. Enfermé dans sa cabane, il ne la quitte que pour se ravitailler dans la cuisine. Plusieurs fois, elle a l'impression qu'il l'observe, sent une présence, une ombre dans son dos qui la salue de loin quand il sort de sa tanière. Elle interroge Lilly sur son père. « Papa est écrivain, on ne doit pas le déranger. »

Un après-midi où le soleil cogne fort, lors d'un concours d'acrobaties dans le jardin, elle tente d'imiter Lilly qui marche sur les mains. Las, elle ne sait faire que le poirier, un poirier de travers dont les jambes s'agitent pour garder l'équilibre. Quand Raymond apparaît, à l'envers, elle redouble d'efforts en prenant conscience que son tee-shirt descend, dévoilant son nombril et bientôt le bandeau humide de son soutien-gorge. C'est trop, elle s'effondre comme un arbre qu'on abat. Elle sent que ses joues sont en feu. Raymond se penche vers elle et l'aide à se relever.

— Comment vont les korriganes ? À qui jetez-vous un sort aujourd'hui ? lance-t-il d'une voix enjouée. Si avec vos pouvoirs vous pouviez chasser les mouches et les guêpes…

Il étire ses bras vers le ciel, son tee-shirt laisse entrevoir les poils sombres en bas de son ventre. Hélène détourne le regard.

Il s'adresse à elle et à Lilly, comme si elles formaient un seul bloc accroché au pays de l'enfance. Elle aimerait lui dire que Lilly a dix ans et elle bientôt dix-sept, qu'elle a lu tous ses livres et bien d'autres, lui demander qu'il lui parle comme à une adulte, pas avec cette bienveillance niaise et doucereuse qu'elle sent dans sa voix. Elle sourit sans desserrer les lèvres. Il fronce les sourcils, comme atteint par la force de sa colère. Puis, se tournant vers sa fille :

— Ça vous dit de venir goûter dans la maison de l'ogre ?

Lilly lève les bras en signe de victoire et sautille de joie, avant de venir s'accrocher à la jambe de son père. Le père et la fille tanguent jusqu'à la cabane, puis la carcasse de Raymond se plie pour passer la porte.

Cette cabane, Hélène y a souvent songé depuis qu'elle passe ses après-midi chez Marguerite. Une sorte de lieu de nulle part, séparé du jardin par une simple barrière en bois, mais qui semble infranchissable. S'y introduire lui semble la transgression ultime. Contre les picotements dans son ventre et le tremblement de ses mains, elle essaie d'appliquer une technique de Mamie Alexine : écouter les battements de son cœur. Mais son cœur n'en fait qu'à sa tête.

Sur le seuil, elle esquisse un mouvement de recul. Elle imaginait une pièce baignée de lumière. Elle se retrouve dans un cagibi sombre et oppressant, sol en parquet de grange et ampoule nue au plafond, comme dans la remise à outils de son père. C'est étrange de travailler ici, dans la pénombre, quand le manoir regorge de pièces immenses et lumineuses qui ouvrent sur la forêt.

— Tu es déçue, ça ne correspond pas au mythe de l'écrivain ? demande Raymond.

— Non, c'est juste que c'est très sombre, ici.

— Oui, la plupart du temps, je travaille volets fermés, ainsi mes personnages ne peuvent m'échapper, je les tiens au lieu de les voir se perdre dans les bois.

— Et vos histoires, vous les trouvez facilement ?

Il lui tend un verre d'eau en souriant :

— Ah non, je souffre le martyre pour les fabriquer. J'ai longtemps attendu la muse qui viendrait me souffler à l'oreille. Mais elle n'est jamais venue.

— Avec le succès, c'est plus facile, non ?

— C'est pire. Avec le succès augmente le sentiment d'imposture. On se réveille tremblant d'être démasqué.

Dans le clair-obscur, elle distingue un canapé, un téléviseur géant, un ordinateur. Des livres sont rangés sur l'étagère au-dessus du bureau, un minuscule frigo posé par terre. La pensée que Raymond pourrait tout à fait vivre ici réjouit Hélène.

Quelques photos sont punaisées au-dessus du bureau. Un couple en noir et blanc, ses parents ? Lilly endormie dans un hamac. Ses yeux s'attardent sur un cadre où Raymond et Marguerite, beaux, insolents de jeunesse, irradient comme un couple de braqueurs qui a réussi son coup. Pendant que Lilly fait des roulades sur le canapé, elle détaille les livres rangés sur l'étagère, du polar américain aux classiques de philosophie, elle évite de croiser son regard, ce serait comme défier le soleil. Intriguée par la présence d'une bible à côté de l'ordinateur, elle demande :

— Vous êtes de nouveau croyant ? Je veux dire… pardon de la question… mais j'avais cru comprendre…

— Que j'avais perdu la foi ? dit-il sans l'ombre d'une gêne. C'est vrai. Avec le salut au bout du chemin, la vie serait plus facile. Mais non, je crois qu'il n'y a rien après, rien à espérer et rien à craindre. Nous sommes de passage sur terre, c'est tout.

Il sort un livre mince d'un tiroir, le feuillette et lit à haute voix une page écornée : « La mort n'est rien pour nous, car, quand nous sommes, la mort n'est pas présente, et quand la mort est présente, alors nous ne sommes pas. L'homme ne doit plus craindre la mort mais ne pas y penser puisqu'il ne pourra la côtoyer. »

Il lui tend le livre, *Lettre à Ménécée* d'Épicure.

— Prends-le, tu me le rendras.

Hélène songe qu'au village la mort est partout. L'église, au milieu du bourg, est entourée par le cimetière, lui-même cerné par un des plus célèbres maquis de Bretagne, où dorment depuis la guerre de nombreux jeunes hommes. Chez elle, on célèbre les morts, on les fleurit, on leur dédie des messes. Et on redoute la disparition des vivants.

— D'accord, l'idée de notre mort, on peut l'oublier, mais la mort des autres, on la côtoie. Des proches nous sont donnés puis repris, c'est atroce.

Son visage se tord comme s'il souffrait.

— Oui... contre ça, il n'y a pas de remède. Ni le temps, ni la littérature, ni la philosophie. Nos morts, on les trimballe partout.

Elle étouffe, tout à coup. Raymond transpire. Elle sent que le sol va se dérober sous ses pieds, elle remercie pour le livre et tourne les talons, en poussant Lilly hors de la cabane. Surprise par sa réaction, celle-ci la dévisage puis s'enfuit dans le jardin.

Le soir, tandis qu'elle enfourche le scooter de Yannick près du grand portail, elle aperçoit l'écrivain qui les observe derrière le rideau. Elle enfonce le casque sur sa tête et, sous son blouson, sent la chaleur du livre d'Épicure, plaqué sur sa poitrine, comme une main de papier.

L'enquête

Un soir, en rentrant de Brest, Marguerite se rend à l'antenne locale du *Télégramme*, heureuse d'avoir enfin décroché un rendez-vous avec une journaliste.

Elle montre la photo de sa mère et raconte les maigres indices glanés pendant son enquête.

— Madame, nous sommes un journal d'information, pas de petites annonces, soupire la jeune femme, le regard revenant sans cesse sur les dépêches AFP qui défilent sur son Amstrad.

— Oui, mais le destin de ma mère, débarquée à Paris de sa Bretagne, obligée d'y abandonner son enfant, ça peut intéresser vos lecteurs, non ?

Sourire poli, puis :

— Pardonnez ma franchise mais, des histoires comme la vôtre, j'en ai entendu des dizaines depuis que je travaille ici. Des jeunes filles du coin, expédiées à Paris et engrossées par des vilains et grands bourgeois, j'en ai plein les tiroirs. Aujourd'hui, votre mère doit vivre une retraite paisible quelque part en Bretagne, elle a sûrement oublié cette affaire. Vous imaginez la tête de son mari, de ses enfants et petits-enfants, si on publie cette photo ? Le scandale dans son village ? Ici, les gens sont attachés à leur tranquillité, vous savez, on évite de sortir les cadavres du placard. D'ailleurs, elle est peut-être morte depuis longtemps…

Que souhaiter ? Une mère au cimetière ou bien dans sa ferme, les photos de famille posées sur la cheminée ? Des photos sans elle…

Le refus de la journaliste la plonge dans le désarroi : cette recherche est-elle une chimère ? Elle n'existe peut-être même pas pour cette femme. Elle a été bien bête de penser que sa mère l'attendait depuis presque cinquante ans sur le seuil de sa porte. Mille fois, elle a rêvé leurs retrouvailles : elles se reconnaissent au premier regard, s'enlacent sans un mot. Avec Lilly, elles adorent regarder à la télé des reportages déchirants sur des chats qui identifient l'odeur de leur maître après cinq ans de séparation, ou parcourent des dizaines de kilomètres pour le retrouver. « Ça va, les orphelines ? » se moque gentiment Raymond dans ces moments-là. Il sait que cette part manquante crée entre elles un lien particulier. La mère et la fille pleurent de bonheur sur le canapé quand la voix off suivie d'une musique mélancolique annonce les retrouvailles entre le félin et son maître. Mais le chemin de la vie se révèle plus sinueux qu'un documentaire animalier.

La journaliste, à la fois désireuse de se débarrasser de cette encombrante lectrice et sensible à sa détresse finit par lancer :

— Au Bois d'en Haut, il y a bien la vieille Alexine, la Rebouteuse, qui soigne tout le village. Si votre mère est par ici, elle le saura. Mais vous n'y allez surtout pas de ma part, je ne veux pas être mêlée à ça. On est bien d'accord ?

Le mariage celte

Le jour de la saint Joël, veille du 14 Juillet, sous une chaleur poisseuse, inhabituelle par ici, Mamie Alexine se prépare à célébrer un mariage un peu spécial.

Devenue druidesse pour faire bouillir la marmite, elle organise des mariages pour des touristes anglais, belges ou japonais, prêts à payer cher pour vivre une « expérience celte ». Ce qu'ils ignorent, c'est que la mention qu'elle fait figurer sur les affichettes distribuées dans les offices du tourisme des environs est parfaitement authentique. Mamie Alexine est diplômée de l'école des druides de Pont-l'Abbé, où elle a suivi une formation pointue d'apprentie pendant trois ans, puis de druide confirmé trois ans de plus. Elle se vante d'être la première druidesse de la région, une cinquantaine seulement ont un vrai diplôme, dont une poignée de femmes.

Françoise et Hélène jouent les assistantes, elles portent le matériel et entassent dans la 2CV l'attirail dédié aux touristes : drapeaux, hermines en peluche, médaillons avec le triskèle. Un après-midi mariage avec Mamie Alexine, c'est une promesse de fête pour les deux sœurs, un talisman contre l'ennui. Hélène a coiffé Françoise de deux longues tresses enrubannées, la faisant ressembler davantage à Fifi Brindacier qu'à la princesse du Moyen Âge qu'elle est censée incarner.

Après avoir cahoté dans la forêt sur un chemin que n'empruntent que de rares tracteurs, Mamie Alexine et ses petites filles se garent au pied d'un menhir imposant, au cœur d'une clairière. Là, sont déjà réunis les trois camarades de la grand-mère, Alan, Denez et Jobic, tous affublés de longues toges romaines et de sandales. Lors des premiers mariages, Mamie Alexine et ses compères portaient une simple croix celtique autour du cou, mais les mariés réclamaient des robes blanches et des longues barbes pour les photos. Désormais, elle ressemble à une déesse grecque empâtée et ses collègues à Panoramix.

Début de la procession. Mamie Alexine, son bâton de chêne à la main, déclame ses étranges psaumes en breton puis en français, Hélène connaît les étapes par cœur : la purification des lieux, la marche de mise en protection, puis, seulement après, la bénédiction des mariés. Françoise irradie de fierté et applaudit en cadence avec la famille des mariés. L'aréopage de quatre druides forme un cercle sur la pelouse et tourne trois fois dans le sens des aiguilles d'une montre pour ouvrir la porte sacrée. Une foule compacte d'invités s'approche juste derrière eux. Des notes de harpe sortent de l'autoradio de la camionnette de Denez et montent vers le ciel, signal que les deux promis doivent entrer dans le cercle. Les mariés semblent échappés d'un épisode de *Légendes celtiques :* elle, robe brodée et couronnes de fleurs avec des chardons, lui, habillé comme un Gaulois des livres d'histoire.

Les deux sœurs, assises en tailleur au bord du cercle, assistent tranquillement au déroulement prévisible de la cérémonie quand, parmi la foule, Hélène aperçoit Lilly qui gesticule de l'autre côté du cercle le doigt pointé vers elle.

Elle n'avait pas prévu la rencontre entre ces deux mondes, le manoir et le folklore, la raison et la superstition, qui aujourd'hui se font face. Elle voudrait se cacher dans un trou, être enterrée vivante plutôt qu'ils la voient.

Quelques minutes plus tard, Lilly est assise sur ses genoux, ses parents à côté d'elle.

— On a lu dans le *Télégramme* l'annonce d'un mariage druidique, on a eu envie de venir voir, lui chuchote Raymond.

Malgré la foule et les odeurs de lard grillé qui chatouillent les narines, elle reconnaît son parfum aux notes boisées. Un sourire doux flotte sur son visage. Elle découvre des sensations inconnues, tout à coup elle prend conscience de son corps, de ses bras, de ses gestes, de chaque mot qui sort de sa bouche, elle ne sait plus comment placer ses mains, ses cheveux, et, en bas de son ventre, une drôle de chaleur.

Marguerite regarde, ébahie, les époux se partager une pomme cérémonieusement tranchée par le couteau doré de la druidesse, puis échanger les anneaux bénis et les enfiler à l'auriculaire de la main gauche. Un nouveau tour dans l'autre sens ferme la porte du lieu sacré. À la fin de la procession, Alexine rejoint Hélène, contrainte, la mort dans l'âme, de faire les présentations. Hier, fière d'être la petite fille de la Rebouteuse, elle l'accompagnait volontiers pendant ses consultations dans les fermes. Aujourd'hui, elle ne voit qu'une vieille femme boudinée dans un accoutrement ridicule, avec un chignon gris relevé au-dessus de la tête et des bracelets en toc qui s'entrechoquent.

Alexine les tutoie immédiatement et prend Lilly dans ses bras.

— Nom de gui ! Comme tu es moutik, ma jolie.

Son sourire dévoile ses dents grises et irrégulières qu'Hélène remarque pour la première fois.

Le jeune marié s'approche et serre Mamie Alexine dans ses bras :

— Je suis fan d'Astérix depuis l'enfance, madame, vous réalisez mon rêve. Il paraît que le village des Gaulois est tout près d'ici.

Hélène se demande s'il plaisante, hésite à lui répondre qu'elle y habite puis sourit comme

Mamie lui a appris à le faire avec les mariés. *N'oublie jamais que plus ils sont contents, plus l'enveloppe de billets est garnie à la fin.*

— Moi, je voulais de l'authentique, renchérit sa dulcinée, une brune frisée à l'accent marseillais. On a hésité avec un mariage chamanique à Bali, mais l'Indonésie, c'était plus cher. Et puis quelle chance ce soleil, on nous avait dit qu'il pleuvait tout le temps, ici, on a presque trop chaud !

Mamie Alexine se prête au jeu des photos avec les familles des mariés. Hélène songe que son portrait de prêtresse celte trône désormais de par le vaste monde au-dessus de nombreuses cheminées.

Marguerite et Raymond écoutent patiemment un homme en toge blanche, Alain le charpentier, leur expliquer qu'un druide milite pour un humain debout et libre.

— C'est merveilleux, lance Marguerite. C'est l'humanisme d'avant la Renaissance !

Hélène voit bien qu'elle est sincère. Subjuguée par la Bretagne dans son ossature primitive. Comme des touristes dans une réserve de Pygmées.

Mamie Alexine prend Marguerite par le bras et les deux femmes se dirigent vers le banquet. Pour la première fois, le grotesque de ce folklore submerge Hélène. Elle se réfugie dans la 2CV pour être seule. Écrase une mouche contre la vitre. Elle en veut à Marguerite et Raymond d'avoir surgi chez les siens, avec leur regard qui la surplombe. Elle en veut aussi à sa grand-mère de leur imposer son commerce ridicule.

Enfant, le jour du marché, elle refusait de lâcher la main de Mamie Alexine et prenait pour elle les nombreux saluts et remerciements que les villageois lui adressaient. Pendant que la Rebouteuse donnait ses consultations dans la grange, sa petite fille tournait autour de la ferme à vélo et se débrouillait pour freiner d'un coup sec devant la porte quand elle reconduisait ses patients dans la cour. « Ma petite fille Hélène », disait-elle à ses hôtes, qui répondaient invariablement qu'elle était bien dégourdie pour son âge. Avant de lui pincer les joues.

De l'avis de tous, Mamie Alexine avait été autrefois une très belle jeune fille qui tourneboulait les hormones des paysans le dimanche à la messe. Benjamine d'une flopée de seize enfants, élève de l'école des filles, guère emballée à l'idée d'épouser un paysan du coin, elle était partie le jour de ses dix-sept ans à l'école d'infirmière de Quimper. Elle s'apprêtait à passer son diplôme d'État puis à suivre son fiancé, un jeune médecin, dans le pays bigouden, quand sa mère malade l'avait rappelée auprès d'elle. Son mari n'était jamais rentré du stalag et ses frères aînés, occupés aux champs, ne pouvaient assurer à la fois l'entretien de la ferme et les soins de leur mère. La jeune fille avait laissé derrière elle – provisoirement, pensait-elle – ses études et son fiancé pour accourir au chevet maternel. Mais une fois au pays, elle découvrit qu'elle était enceinte, ce qui, hors mariage, constituait un scandale. Elle écrivit à son fiancé et, en retour, reçut une lettre de sa belle-famille rompant les fiançailles, avec deux billets de cent francs pliés dans l'enveloppe. Elle mit au monde une fille – la maman d'Hélène – et s'occupa de sa mère pendant les trois longues années de son agonie. Ensuite, elle n'eut pas le courage d'abandonner ses frères.

Seule de la famille à avoir étudié, Alexine consacra ses années de jeune femme à l'entretien de la ferme, puis aux enterrements successifs de ses aînés. Elle ne se plaignait jamais, malgré un quotidien austère et répétitif rempli de traite des vaches, de soins à la vieille jument et de repas pour la fratrie. C'est aussi elle qui s'occupait des papiers et tenait les cordons de la bourse. Autrefois, Hélène et sa sœur la voyaient toujours debout, servant le café et le lard fumé pour ses frères rentrés des champs. Première levée, dernière couchée.

En soignant les bêtes et ses frères, elle s'était découvert un don de guérisseuse qui ne devait rien à ses études d'infirmière. La rumeur s'était répandue et on venait de loin la consulter, pour remettre en place une épaule déboîtée, soigner une crise d'arthrite, soulager un dos douloureux. À la mort de son dernier frère, elle put enfin laisser tomber la ferme et donner toute la mesure de son talent. Elle se rendait avec sa 2CV grise au chevet de ses patients, qui ne s'étonnaient plus de n'être jamais remboursés par la Sécurité sociale, ni de l'amertume ou de l'acidité des préparations qu'elle leur administrait sous forme de potions, de cataplasmes, voire de piqûres avec les grosses seringues en verre de sa trousse d'étudiante. Quand ils ne pouvaient la payer, ils lui donnaient un poulet, un lapin, des artichauts, livraient du bois pour la cheminée. Avec l'arrivée dans le bourg d'un vrai médecin dans les années 1980 et l'installation de couples plus jeunes issues de la ville, elle avait vu son nombre de patients fondre, et aujourd'hui, quand on venait la trouver, c'était qu'on avait tout essayé.

Jamais mariée, elle avait élevé seule sa fille, tenu une ferme, soigné les hommes et les bêtes. Le conseil municipal - qu'elle avait refusé d'intégrer - continuait à la consulter pour les décisions importantes, et écoutait ses oracles sans broncher.

Aujourd'hui, Hélène a honte de sa grand-mère et honte d'avoir honte.

Elle étouffe dans la voiture quand soudain on frappe sur le carreau de la 2CV, Raymond lui sourit derrière la vitre.

— Tu ne vas pas rester enfermée là-dedans par une journée pareille ? Viens plutôt goûter le banquet, il a raison, le marié, on se croirait dans Astérix, il ne manque que le sanglier !

— Non. Je n'ai pas envie.

Doucement, comme s'il lisait en elle, il dit :

— Elle est incroyable, Alexine, c'est la pythie de la région, tu dois être fière d'elle.

Hélène hausse les épaules :

— Oui, j'imagine. C'est normal d'être fière de sa famille, non ?

— Je ne sais pas. Moi, mes grands-parents ne s'entendaient pas, ils se disputaient dès qu'ils avaient un public, je n'ai jamais entendu leur rire, sauf quand ils se moquaient l'un de l'autre.

Une ombre vient voiler ses yeux, puis il sourit :

— Alexine est fière. Elle ne se laisse pas dicter ses pensées, elle est comme toi. Allez, viens, on va se demander où tu es passée.

Hélène sort de la voiture et marche à côté de Raymond vers le banquet installé devant une grotte dans la clairière. Elle flotte sur le tapis de feuilles, savoure la fraîcheur du bois. Autour d'eux, des rires et des voix résonnent dans l'air. Les arbres semblent en fête, le soleil de midi donne à la végétation des tons citron, vert prairie, fluorescents. Éclairée d'un rai de lumière, Lilly à ses côtés, Marguerite les regarde passer en souriant. Ses yeux brillent d'un éclat inhabituel, presque hostile. Lui en veut-elle de parler avec son mari ? Ou de ne plus lui parler à elle, de filer après quelques banalités échangées à son retour de Brest ? C'est que, le soir, Yannick l'attend devant le manoir, pas simple de les concilier, ces deux-là.

Soudain, un éclair et un choc. Projetée au sol, Hélène aperçoit une boule de fumée qui monte vers le ciel. Elle se redresse tandis que pleuvent toutes sortes de débris. Plus près de l'explosion, des corps gisent, criblés de taches noires et de morceaux de chair. Le creux où cuisait la viande n'est plus qu'un cratère fumant. Une odeur âcre et entêtante emplit l'air. À travers l'épaisse fumée, Hélène cherche des yeux sa sœur et sa grand-mère.

Les pieds nickelés

Trois hommes se font face debout, dans la cuisine d'une crêperie de Berrien. Un pâle, un piteux, un autre rouge de colère.

— Les gars, qu'est-ce que vous avez foutu ? Je vous ai demandé de planquer des explosifs, pas de faire sauter un mariage, putain !

— C'était un accident, Fanch, un accident. Le plastic n'aurait jamais dû exploser, répond Denez le druide, le bras en écharpe et un énorme bandage autour du crâne.

— Un accident ? Mais depuis quand on planque des explosifs sous un barbecue, bordel ?

— C'est ma faute, lâche Yannick, le regard rivé au sol. Denez m'avait indiqué la grotte mais je n'ai trouvé aucune cachette à l'intérieur, impossible de creuser le sol, c'est de la roche. Alors j'ai pensé que devant la grotte, ce serait bien aussi. Il y avait un trou entre trois gros rochers, ça faisait un repère, j'ai creusé, et voilà. Jamais j'aurais pensé que quelqu'un allumerait un feu là-dessus. Personne ne va là-bas, à part les sangliers.

— Et toi, Denez, tu organises des mariages à côté d'un dépôt d'explosifs, y a rien qui te gêne là-dedans ?

— Je savais pas qu'Alexine connaissait cette clairière. À cause de la chaleur, elle cherchait un endroit ombragé. Je pensais que les pains étaient dans la grotte, j'avais pas imaginé que ce p'tit con les avait enterrés dehors...

Yannick, honteux, fixe le carrelage de la crêperie. C'est la dernière fois qu'il obéit aux ordres de ce vieux schnock à moitié sénile. Il a déçu Fanch, s'est rêvé en héros de l'ombre et se réveille en Gaston Lagaffe. Il voudrait disparaître, se dissoudre et couler dans les interstices du carrelage, qu'on l'oublie pour toujours.

— En attendant, on passe pour des salauds ! hurle Fanch.

— T'inquiète, personne ne sait que c'est nous, dit le vieux Denez.

— Ah ouais ? Même pas les Basques qui ont forcément vu le truc à la télé ? Je leur dis quoi ? Qu'on voudrait bien encore quelques pains de plastic parce que le coup est parti tout seul ? Que, promis, on les jettera plus au feu ? Vous habitez où, les mecs ?

— Écoute, souffle Denez, y a pas eu de morts, on s'en sort bien...

— Cinq blessés dont un grave, et tu trouves qu'on s'en sort bien ? éructe Fanch. Depuis quand des Bretons font sauter des Bretons ?

— Y avait pas que des Bretons, murmure Denez. La cagole marseillaise, j'aurais bien aimé voir sa tête en haut d'un arbre. Et son gros con de copain déguisé en Gaulois aussi.

— Y avait aussi le couple parisien dont on a parlé, ajoute Yannick. Eux, franchement, c'est une cible légitime, des purs colonisateurs, arrogants, méprisants, elle qui se prend pour une missionnaire chez les sauvages...

— Ça suffit, vos conneries ! hurle Fanch. Va falloir vous faire soigner ! Des années de combat pour arriver à ça ! Un attentat contre un mariage, vous avez vu ça où ? Avec des branleurs dans votre genre, les Irlandais lécheraient encore le cul de la reine.

Puis, se calmant aussi soudainement :

— Résumons. On n'a plus un gramme de plastic et bientôt les flics à nos fesses, on fait quoi ? Je ferme la boutique ? Je reprends le tractage minable sur les marchés ?

— J'ai une idée, lance Yannick, soudain ragaillardi. Denez n'a pas tort, on peut pas dire que ça a pété pour rien. Y a qu'à revendiquer l'explosion au nom de l'exploitation touristique et folklorique de la Bretagne.

— Ta gueule, Yannig, tonne le vieux druide. J'te permets pas d'appeler ça du folklore, t'y connais rien, t'es qu'un p'tit con qui veut parler son breton de la fac en se prenant pour Alan Stivell. C'est pas un puceau fils de pharmacien vivant aux crochets de la Sécu qui va nous donner des leçons.

— Eh, j'te permets pas, tu…

— Vos gueules ! J'en ai marre. J'me casse et vous aussi, conclut Fanch. On rentre chez nous, on la boucle, on n'est pas au courant. Et on ne bouge pas une oreille, le temps que ça se tasse. Le journal a parlé d'un dépôt d'explosifs datant de la résistance, on peut prier pour que les flics y croient. Sinon, les gars, préparez-vous à passer Noël à Fresnes. Allez, kenavo, et tenez-vous à carreau.

L'œuf de caille

— Tu as vu le match d'Agassi à la télé ? Il a écrasé son adversaire !

C'est à ce moment-là, quelques jours avant l'oral de français, qu'Hélène avait commencé à s'inquiéter pour son père. Ce match à Roland-Garros, Agassi l'avait perdu en quatre sets. Quelque chose ne tournait pas rond. Mais, concentrée sur ses fiches de français, elle n'y avait guère prêté attention. Son père vieillissait, il fatiguait, voilà tout. Puis Raymond avait surgi dans sa vie, accaparant ses pensées.

Le lendemain de l'explosion dans la clairière, un dimanche matin, elle trouve son père debout dans le couloir de l'entrée, fixant pendant de longues minutes le tableau à clés. Devant son air interrogatif, il dit :

— Je cherche ma brosse à dents, je ne sais plus laquelle c'est, dans ce bazar.

La mère d'Hélène, figée sur le seuil de l'entrée, regard paniqué, la prend à part :

— Depuis quelques semaines, il traîne la jambe en marchant, il a l'air déprimé. À l'épicerie, la veuve Tanguy m'a dit plusieurs fois qu'il se trompait dans la liste de courses. Depuis hier, ses paroles sont incohérentes, comme s'il avait perdu la tête.

Une heure plus tard, le père demande ce qu'ils fichent dans la salle d'attente des urgences de Carhaix.

— Je ne veux pas rater la messe, lance-t-il en se dirigeant vers la porte, avant de se rasseoir sur sa chaise en plastique, comme s'il savait bien au fond de lui ce qu'on fichait ici.

Quand enfin vient leur tour, l'interne de garde les invite dans son bureau minuscule et pose une rafale de questions d'un ton neutre. Prenait-il du Valium, du Xanax, du Lexomil ? De la drogue ? Fumait-il, buvait-il ? Hélène voit bien qu'on parle de lui au passé. Sa mère répond non de la tête. Elle se recroqueville un peu plus sur sa chaise à chaque question, comme pour se protéger de la catastrophe qu'elle pressent. Le père sourit au docteur puis son regard s'envole par la fenêtre, déjà ailleurs, étranger à la scène.

Six heures et un scanner plus tard, le verdict tombe. Tumeur au cerveau.

— Vous voyez la masse grise à gauche sur la radio, c'est la tumeur. Grosse comme un œuf de caille, dit la blouse blanche. Maligne ou bénigne, on ne sait pas encore, ajoute-t-il, pensant atténuer l'annonce.

Puis :

— Un cas trop lourd pour nous, on l'envoie à Brest.

Sur la route de Brest, Hélène a le temps de dérouler le fil de son existence : une enfance heureuse, des parents sévères mais justes, une scolarité réussie, des amours légères. Tout à coup, elle franchit la frontière du sérieux, de la peur. Elle songe à l'air concerné qu'elle prenait quand d'autres lui racontaient leurs malheurs, c'était très loin d'elle, tout ça, et maintenant, ça la frappe en plein cœur.

À la naissance de sa petite sœur, son père voulait élever ses enfants, s'investir dans la vie de l'école et de la paroisse. À cette époque, dans les années 1980, un père partait le matin aux champs, au bureau ou à l'usine, rentrait fatigué le soir, mettait les pieds sous la table et débouchait une bouteille de vin, avec les infos régionales de FR3 en fond sonore. Le sien, ingénieur dans une usine fabriquant les décodeurs Canal+, rapportait tous les soirs un gadget électronique rigolo et inutile bricolé dans son bureau. Il s'ennuyait. Sans crier gare, à trente-trois ans, il avait quitté son travail.

C'est lui qui attendait ses filles à la sortie de l'école, vérifiait les devoirs, leur donnait le goûter, le bain. Son univers s'est rétréci à sa vie de famille et aux tâches ménagères, et les deux sœurs se sont habituées à écrire à son sujet « sans profession » sur les formulaires scolaires. Elles se sont souvent heurtées à l'incompréhension des profs et voisins : était-il malade, au chômage, en dépression ? Père au foyer, ça cachait quelque chose. Sur dénonciation d'un villageois, l'inspecteur des impôts leur avait rendu visite deux années de suite, convaincu que le père exerçait une activité illégale et dissimulait de l'argent. Celui-ci haussait les épaules et demandait à ses filles d'en faire de même. « Les ragots, ça doit glisser sur vous comme une chasuble », leur disait-il en souriant. Mais au collège, avec Françoise, elles auraient préféré un père agriculteur, commerçant, ouvrier ou fonctionnaire, comme tous les pères du coin.

Adolescentes, davantage affranchies du regard des autres, elles ont réalisé quel sacrifice il avait fait pour elles. La monotonie de ses journées, l'ennui qui s'immisçait une fois passé le brouhaha du petit déjeuner. La vie réglée au millimètre, le marché deux fois par semaine, la messe le dimanche, les promenades en forêt, les parties de pêche à la crevette dans la rivière. Il disait avoir choisi cette vie, habiter au paradis, mais elles voyaient bien son désœuvrement. Alors c'était la moindre des choses de réussir à l'école.

Dans la dernière ligne droite vers le bac de français, il a joué le rôle de répétiteur. Assis dans la cuisine, l'un en face de l'autre, le père et la fille y ont passé des heures après le dîner pendant que les autres regardaient Patrick Poivre d'Arvor puis Maigret. Il demandait à

Hélène de lui réciter ses fiches de lecture une à une, jusqu'à ce qu'elles deviennent un prolongement d'elle-même. Ses fiches, elle les connaissait par cœur depuis longtemps et il le savait, mais c'était comme un jeu, un moment à eux, unique, précieux. D'autres auraient trouvé sa présence envahissante, elle lui donnait des ailes.

Un soir, il est venu la chercher au lycée, il voulait remercier Marguerite, *vous faites beaucoup pour Hélène.* Elle était un peu gênée de sa présence dans son vieux pardessus noir, de sa voix peu assurée, mais Marguerite avait souri, un sourire franc, découvrant ses dents étincelantes, *votre fille est brillante, félicitations.*

Le père n'avait pas répondu, juste hoché la tête, mais dans son regard elle avait lu la fierté. Puis, comme encouragé par son sourire, il lui avait demandé des conseils de lecture, il avait abandonné la poésie après le bac, voulait s'y remettre mais ne savait pas par quoi commencer. Elle lui avait conseillé Prévert, *c'est idéal pour revenir en poésie.*

Adolescent, malgré une âme de littéraire, il avait obéi à l'injonction familiale de suivre des études scientifiques. Devenu prof de maths, puis ingénieur, il n'avait jamais trouvé sa voie. Quand Hélène avait commencé à lui raconter les cours de français, naturellement, son trésor était devenu le sien. Pendant les cours de Marguerite, elle recopiait chacun de ses mots, chaque trait d'humour, chaque anecdote, pour les donner ensuite à son père qui se jetait dessus. Son visage s'illuminait et se figeait pendant la lecture, comme hypnotisé. Elle devinait un tourbillon d'allégresse et de mélancolie mêlées.

À l'hôpital de Brest, on les balade de professeur en professeur. Hélène tient la main glacée de sa mère, la sent prête à s'écrouler à tout moment. Alors c'est elle qui pose les questions, directes et précises. Souffre-t-il ? Quels sont les traitements possibles ? Va-t-il guérir ? Les docteurs ne la regardent pas dans les yeux. C'est mauvais signe. D'après l'interne, il faut opérer tout de suite, d'après le chef, il faut attendre un peu. Elle entend les mots chimiothérapie et radiothérapie flotter autour d'eux. Tous ces mots qui finissent par thérapie, pourquoi nous font-ils si peur quand ils sont censés soigner ? Elle comprend que le cancer gêne les médecins autant qu'il effraie les malades.

De retour à la maison avec sa mère, mais sans son père resté à l'hôpital, elle consulte le chapitre sur la tumeur cérébrale dans le *Grand Larousse de la santé* gagnée à la kermesse. Elle sent bien que les docteurs leur cachent la vérité, elle la cherche dans les livres. Dans l'introduction, le groupe nominal accolé à tumeur cérébrale, « espérance de vie », ne lui remonte pas le moral. Elle passe vite sur les pages de statistiques qui ne lui donnent aucune chance, trois mois, six tout au plus. Enfin, elle tombe sur ce qu'elle cherchait sans le savoir : un chapitre sur les survivants. Le nirvana, ce sont les témoignages de miraculés. « Les médecins me donnaient un mois, je me bats depuis cinq ans et je vais bien. Oubliez les statistiques, ces oiseaux de malheur. Vous êtes un être unique, singulier, pas un exercice de probabilité. » Elle cache le livre sous son lit et, tous les soirs, sniffe sa dose d'espérance, se shoote aux miraculés, se requinque avec la description des thérapies alternatives « aux résultats non homologués mais prometteurs ».

Dans le hameau voisin, il y a un rocher de cent trente-sept tonnes que la force de l'homme parvient à faire vaciller. Les touristes viennent de loin pour admirer cette curiosité locale, la Roche tremblante. Le père d'Hélène adore poser son dos contre un endroit précis de la roche, et le miracle se produit : elle pivote. Hélène et sa sœur connaissent le dénouement par cœur, mais chaque fois il parvient à les embarquer, à créer un suspens. Qui va gagner le combat entre l'homme et la nature ? Au village, c'est normal de soulever des pierres. Comme Obélix, comme Gargantua, comme leur papa.

Alors le cancer… Nous autres, Bretons de l'intérieur, sommes bien plus forts que lui, nous lui ferons la peau, se dit Hélène. Bientôt, elle en est sûre, son père aussi témoignera dans un livre de miraculés et viendra réconforter la longue chaîne des anonymes touchés par la maladie. Il fera le récit de son combat héroïque et sa famille posera tout autour de lui, pouce levé et sourire aux lèvres. Son père est indestructible.

La visite à la vieille

Non loin du cratère encore fumant de l'explosion, Marguerite avait tenu la main d'Alexine gisant au sol dans sa toge ensanglantée. Au loin, on entendait des sirènes. « Tenez bon, les secours arrivent », lui avait-elle glissé à l'oreille. Au contact de sa grosse main calleuse, elle avait ressenti une onde de bien-être, comme quand on entre dans un bain chaud après une marche sous la pluie. La vieille avait fait un geste étrange : elle avait pris de l'index une goutte de sang qui coulait le long de son bras et, sans un mot, l'avait posée sur les lèvres de Marguerite.

Allez trouver Alexine, la Rebouteuse, lui avait dit la journaliste, *elle connaît tout le monde au village.* Et la vieille Alexine surgissait devant elle dans sa robe de druidesse et se trouvait être la grand-mère de son élève préférée. Comme un signe du destin.

— Hélène m'a parlé de vous, j'aimerais tant vous connaître ! avait-elle lancé à la vieille femme à la fin de la cérémonie.

— Ta peine t'emprisonne, viens me voir un d'ces jours, avec du gros sel, et je la dissoudrai, répondit Alexine de ses yeux rieurs et perçants.

Marguerite, le cœur lourd, avait regardé la camionnette de pompier enfourner celle qui pouvait retrouver sa mère et même dissoudre sa peine. La vie n'était-elle qu'une succession de mirages, les premiers conduisant aux suivants ? Si Alexine mourait, aurait-elle la force de poursuivre jusqu'au prochain ?

Quelques jours plus tard, Marguerite roule en direction du lieu-dit du Moulin de la Vierge, où vit Alexine. À l'entrée de la ferme, un rocher en forme de dinosaure avertit le visiteur qu'il entre dans un autre monde.

La guérisseuse l'attend sur le seuil de la porte, vêtue d'une blouse de paysanne, une lourde pelote de cheveux blancs crépus surmontant un large pansement qui lui couvre le front. Elle a le bras gauche en écharpe et boite un peu. De sa main valide, elle lui enserre les poignets et la scrute de ses yeux noirs :

— Comment que c'est toi ?

Devant son air interdit, elle continue :

— Nom de gui ! Comme t'es bien mise, on voit que t'es de Paris même. Suis-moi, je vais t'montrer un trésor. Va pas vite, je boite encore après c'te saleté de pétard.

Elle l'entraîne d'un pas lourd vers un tunnel de plastique translucide, fermé par deux chevrons de porte en bois. Avec ses arceaux en métal, on dirait un château gonflable. Sa lourde carcasse se plie en deux pour entrer dans la tente. Marguerite découvre une serre avec des plantes, des dalles, un bassin et une température tropicale. Sur des plateaux suspendus sont posées des soucoupes de tasse recouvertes de quartiers d'orange, de pomme, de morceaux de banane. Alexine vérifie la température de la serre, enlève les vieux quartiers d'orange et en pose délicatement de nouveaux sur les soucoupes.

Et tout à coup, son visage s'illumine. Une nuée de papillons gris vient s'abreuver sur les soucoupes, comme des voiliers en file indienne au départ d'une course. De temps en temps, l'un d'entre eux déploie ses ailes et laisse entrevoir leur surface bleutée virant au violet. Le spectacle est saisissant, les insectes en un instant passent du gris le plus terne au bleu le plus chatoyant. La vieille montre du doigt ses chenilles, larves noires et luisantes pas plus épaisses que l'ongle d'un pouce, qui bientôt deviendront des princes azurés. Certaines, déjà enfermées dans leur chrysalide depuis des semaines, s'apprêtent à déployer leurs ailes. Fascinée par le spectacle, Alexine égrène le nom de chaque papillon.

Marguerite étouffe. Toutes ces larves et ces chenilles, elle sait bien que c'est le cycle de la vie, que c'est poétique, mais aujourd'hui, ça lui donne la nausée. La veille druidesse se souvient-elle qu'elle est venue trouver des réponses à ses questions, pas causer entomologie et lépidoptères ?

Les deux femmes sortent de la serre, Alexine s'assoit sur son tabouret. Elle est si replète et le tabouret tellement étroit qu'il pourrait s'écrouler sous son poids à tout moment, mais non, ces deux-là semblent se connaître et s'ajuster l'un à l'autre.

— Alexine, racontez-moi, pourquoi cet endroit ressemble-t-il à un champ de pierres ? Et pourquoi, dans la forêt, à l'entrée des villages, dans les jardins, ces têtes d'animaux qui semblent figées dans la roche ?

— Dame, il y a ici bien des mystères, dit-elle d'une voix basse, en fronçant les sourcils.

Les yeux souriants, fixant l'horizon, elle lui raconte que ces blocs de pierre qui affleurent un peu partout sont une vengeance de Gargantua. Déçu par la maigre pitance offerte par les habitants, il les bombarda de ces colossaux cailloux. Les rochers en forme d'animaux ? Un stratagème du seigneur du coin vaincu par son ennemi du comté voisin qui préféra figer ses bêtes en statues de pierre plutôt que les livrer à son rival.

Elle ferme les yeux et Marguerite attend sagement la suite du récit quand, surprises par l'orage, les deux femmes se réfugient à l'intérieur.

— Mets ton paletot, lui dit la Rebouteuse, fait frisquette, tu vas attraper l'mal.

Marguerite pénètre dans une chaumière basse avec son lit clos aux clous dorés et son sol en terre battue. Sur l'unique étagère en bois vernis trônent des bols en faïence avec des prénoms gravés et des dizaines de fioles transparentes remplies de liquides colorés. Un bourdon volette plein de confiance et, soudain, s'encastre dans le ruban jaune miel qui descend du plafond.

— Alexine, cette jeune fille sur la photo, la connaissez-vous ?

La vieille dame chausse ses grosses lunettes, fixe longuement la photo. Marguerite croit voir son visage se pétrifier.

— Où t'as trouvé ça pardi ?

— C'est la mère d'une amie, je crois qu'elle vit dans le coin mais je n'ai pas son adresse.

— Ma foi, elle me rappelle bien quelqu'une, mais impossible, elle n'a pas eu d'enfant.

Marguerite, déçue, lui tend le sachet de gros sel. La vieille a changé de sujet, elle ne dira rien de plus.

— Retire tes vêtements et allonge-toi sur la table, ordonne Alexine.

Couchée en sous-vêtements de dentelle chics sur la grosse table en chêne de la ferme, Marguerite se laisse faire comme un enfant qu'on emmaillote. Alexine la frictionne avec le sel, la recouvre d'une couverture, puis pose ses mains à quelques centimètres au-dessus de sa poitrine et reste ainsi immobile les yeux fermés pendant un temps infini, comme si elle priait.

Soudain, une chaleur envahit Marguerite, elle transpire, bâille, pleure. La nuit est tombée quand elle se réveille, engourdie mais tranquille. Comme si sa peur s'était enfuie par les pores de sa peau. La vieille a disparu. Elle plie la couverture, lâche quelques billets sur la table, et abandonne la ferme en silence.

Au petit matin, elle fonce à vélo chez la Rebouteuse, tient à la remercier, lui dire qu'elle se sent de nouveau légère comme une plume et forte comme un bœuf.

Dans la cour, elle reconnaît la camionnette de livraison de la veuve Tanguy. Pas question de retomber sur la vieille chouette et ses questions insidieuses. Elle se cache derrière le tilleul et attend son tour. À travers la fenêtre ouverte, elle entend la voix d'Alexine :

— Qu'est-ce tu auras ? Un jus ? Une lichouserie ?

— Ma foi oui. Devine quoi. La Suzon, paraîtrait qu'elle touche la pension de son mari mort en mer.

— Si elle est veuve de marin, elle a droit à quequ'chose, la Suzon, pardi, c'est normal.

— Moi, j'la connais, l'histoire, il est pas mort en mer, son gaillard, il est tombé saoul dans l'port de Brest en sortant du bistrot. J'comprends qu'elle soit venue habiter ici, ça devait causer, sur les docks.

Derrière le silence qui s'installe, Marguerite perçoit la délectation perverse de la veuve Tanguy, heureuse de l'effet de ses révélations sur sa voisine bouche bée.

L'épicière vénéneuse poursuit :

— Tu sais que son fils est parti aussi. Parti avec le cancer. J'vais te dire, elle attend son tour, la Suzon. Une drôle de famille.

Long silence pesant puis :

— Moi, j'dis ça j'dis rien, tes Parisiens, vont jamais à la messe, ceux-là

— Bon ça nous regarde pas non plus.

— Comment qu'c'est son métier déjà à celui-là ? Écrivain ? C'est pas un métier de par chez nous, ça... T'as qu'à croire hein, on n'est pas assez bien pour eux...

— Faut pas voir l'mauvais esprit partout, quoi.

— Les gens parlent. Le vieux Denez, il m'a tout raconté. Paraîtrait qu'le mari fricote avec ton Hélène, non de Doué. Tention d'tomber sur un drôle.

— Avec mon Hélène que tu dis ? Ma Doué benniget. Nous v'la prop'.

— Faut les renvoyer d'où ils viennent, ces drôles. Et de suete. Depuis qu'sont là, ça fait du reuz dans l'village. Ta p'tite fille, elle tourne drôle.

— Ma Doué benniget.

— Faut les renvoyer, j'te dis. Mai'nant.

La salope, elle vient me chercher jusqu'ici, songe Marguerite. Je vais me la faire, cette vipère.

Enfourchant son vélo, elle file par l'étroit chemin de terre qui longe la vieille ferme.

Un peu plus tard, à la pharmacie, elle tombe sur le père de son élève défenseur du peuple breton. Le proviseur du lycée lui a raconté les secrets de cette famille de notables : « Chez les Cariou, c'est la mère qui décide tout. Le diplômé, c'est le père, elle n'est que préparatrice, mais ça, personne ne le sait. Les clients veulent l'avis de la patronne, lui reste muet derrière son comptoir, concentré sur ses commandes. C'est sa femme qui a transformé l'officine en parapharmacie. Lui, son métier, c'est pharmacien, pas vendeur en parfumerie, mais elle n'a rien voulu entendre. Je crois que Yannick, avec son obsession de l'identité bretonne, veut venger son père, lui rendre sa fierté, même s'il ne le sait pas lui-même. »

Marguerite adresse un sourire timide au père de Yannick, un sourire qui dit *je sais bien moi que c'est vous le patron ici.* Il prend son ordonnance dans un silence polaire. Se sont-ils passé le mot ? Dans ce regard, elle lit la même expression que sur le visage de son fils, de l'épicière et des profs du lycée, une violence contenue qui dit *allez-vous-en, vous n'êtes pas d'ici.* Elle prend ses médicaments et sort en claquant la porte.

Qu'ont-ils tous après moi ? De la jalousie ? De la fierté ? Qu'ils crèvent dans leur silence, leurs petits lits clos, leurs maisons en granite, qu'ils crèvent noyés par cette satanée pluie, qu'ils bouffent leurs hortensias par la racine. Marguerite a besoin de marcher.

Le proviseur lui a aussi parlé de l'école des filles, ancien établissement communal bâti en 1890, aujourd'hui abandonné, qui a formé des générations de femmes du coin. On envoyait de tout le canton, et même de loin dans le département, des filles qui deviendraient fonctionnaires, institutrices, infirmières dans cette école laïque, une exception dans une région où l'enseignement privé catholique régentait l'éducation de la jeunesse avec priorité aux garçons. Une de ces écoles qui a permis au département, bloc d'analphabétisme au début du siècle, de former ses élites puis de se placer en tête des taux de réussite au bac à partir des années 1970. Marguerite passe tous les matins devant cet endroit qui ressemble à un château enclos dans ses murailles. Depuis quelques mois, un immense panneau « à vendre » se dresse sur le fronton.

En sortant de la pharmacie, pour la première fois, elle décide d'aller y jeter un œil. La lourde porte de fer qui donne accès à la cour est fermée, mais un jeune homme jaillit de la maison d'en face et vient à sa rencontre. Jacques-Henri, comme il se présente, habite ici et sert de guide aux rares curieux. Mi-gardien, mi-agent immobilier, il est rémunéré par la mairie pour valoriser le patrimoine et, idéalement, refourguer l'école à quelqu'un d'assez cinglé pour s'enticher de dix mille mètres carrés rongés par la mérule et coûtant à chaque tempête une fortune en tuiles et faîtières, lui avouera-t-il plus tard.

Tandis qu'ils traversent la cour, il raconte, volubile, avoir étudié les beaux-arts à Quimper, puis hérité ici de la maison de son arrière-grand-père qui fut l'architecte de cette école. Il ouvre la lourde porte de la bâtisse. Rien ne semble avoir changé depuis les années 1960.

Marguerite visite les dortoirs, les salles de classe, imagine le réfectoire résonner de bruits de vaisselle, les gamines en chemise de nuit devant les lavabos glacés, ferme les yeux et entend les rires retentir dans le hall. Au sud, les fenêtres donnent sur une cour carrée plantée de majestueux tilleuls mais, au Nord, elles surplombent de vingt mètres l'immensité de la forêt. Elle pense aux générations d'élèves dont l'esprit s'est envolé à travers ces fenêtres.

— Certains disent que cette école est maudite car elle a été occupée par les Allemands pendant la guerre, lui raconte son guide d'un jour. Ce n'est pas une question de superstition. Si ce village ne fait rien de ce bâtiment, c'est parce qu'il concentre de vieilles haines entre pétainistes et résistants, et jusqu'à leurs enfants. Ce qui est fou, c'est que cette école, dont ils devraient être fiers, ce lieu unique dans la région, qui a sorti de la pauvreté des milliers de filles, ça leur pèse comme un vieux bunker sur une plage.

Touchée par le récit du jeune homme, Marguerite sourit. Dès qu'elle a vu cette allée de tilleuls dans la cour, elle s'est sentie chez elle. On dit que certains lieux vous appellent, celui-ci lui tombe dessus. Elle se confie à ce garçon qu'elle connaît depuis quelques minutes, lui raconte l'hostilité du pharmacien, les ragots des profs, la scène chez l'épicière.

— Je crois que ma tête est mise à prix !

Il soupire :

— La veuve Tanguy, celle-là, je ne lui parle jamais, elle est mauvaise. Je me suis installé ici voilà deux ans, chez mon grand-père qu'ils ont tous connu, et je n'ai réussi à me faire aucun ami. Je ne suis jamais invité nulle part et personne ne m'adresse la parole. Vous savez, la pierre n'est pas seulement dans les paysages, mais aussi dans le cœur. Ils donnent aux associations de la paroisse, mais le jeune voisin qui débarque du sud du département, il peut crever tout seul.

La réparation

Paris et le Bois d'en Haut, 1949

Grâce à sa camarade de Paimpol, Odette trouva une place de dactylo à l'amicale des Bretons de Saint-Denis. Elle ne savait pas taper à la machine, mais son orthographe et sa syntaxe parfaites suffirent à convaincre le directeur. En quelques semaines, elle dompta le clavier azerty de la Remington noire. L'endroit, tenu par les communistes, voyait affluer toute la journée des Bretons heureux d'avoir enfin atteint la terre promise, accrochés à l'espoir d'une vie meilleure. Sur le registre, elle inscrivait les noms des nouveaux arrivants : Le Gall, Le Guilloux, Le Dantec, Le Goff, Lecorre, et les dirigeait vers les usines de colorant, la RATP ou les PTT qui cherchaient des bras par centaines. Se doutaient-ils que, rapidement, ils devraient courber l'échine, voguer de petits renoncements en grandes déceptions, et qu'un jour leur rêve s'évanouirait à force d'espoirs déçus ?

Imaginaient-ils qu'un jour, encerclés de béton et asphyxiés de fumées, le granite et le lichen leur manqueraient ?

Dans les rues, ça parlait breton ou bien français avec un fort accent de l'Ouest. Le jour du pardon laïque, elle posa pour *France Soir*, devant l'amicale, entourée de ses collègues. Elle vivait dans une petite chambre de trois mètres sur quatre dans une barre grise de dix étages, avenue de Stalingrad. L'immeuble donnait sur les exploitations maraîchères de Saint-Denis. Le matin, de sa fenêtre, quand elle apercevait les paysannes, mains larges et dos courbé, arrachant les salades et les radis, elle songeait à son jardin de petite fille et cette pensée la fortifiait.

Un jour, alors qu'elle remplissait des formulaires pour un bataillon de nouveaux arrivants, un jeune homme l'interpella : « Odette, c'est toi ? » C'était le fils du facteur du Bois d'en Haut, venu tenter sa chance à Paris. Elle sursauta, cela faisait tellement longtemps qu'on ne l'avait pas appelée par son vrai prénom.

— Oui, c'est moi, chuchota-t-elle, mais ici on m'appelle Marie.

— Tu sais que ton père est un héros, chez nous ? Il a même une rue à son nom, inaugurée en présence de tous les importants de la région. La rue du Docteur Bozec. Ils t'ont cherchée partout pour couper le ruban.

Odette écarquilla les yeux. Ainsi, le village se souvenait enfin de son père, l'acclamait, lui rendait hommage, après l'avoir laissé se faire arrêter puis conduire à la mort. Elle avait envie de rire et de pleurer. Quand l'Histoire avait déraillé pendant la guerre, elle s'était promis de ne jamais retourner là-bas. Aujourd'hui, le village lui offrait réparation. Elle acheta un billet pour Morlaix, l'heure était venue de rentrer à la maison. Elle tournait le dos à Paris, à la peur, à la misère, à la violence des hommes, elle allait retrouver le ciel à l'infini, les tourterelles rieuses, le vent du soir qui fait danser les arbres et balaie les nuages.

Dans la maison de ses parents, rien n'avait changé. La bibliothèque de son père, la machine à coudre de sa mère, les meubles bretons, tout était à sa place, recouvert d'une épaisse couche de poussière. L'endroit lui parut juste plus petit et plus sombre que dans son souvenir.

Elle retrouva entre des draps les lettres de captivité de son père que sa mère lui avait cachées. Jusqu'au bout, il avait gardé son optimisme. « Nous vivons dans l'attente d'un avenir que nous sentons très proche, avec la certitude de la victoire. » Au camp de Châteaubriant, l'été avant sa mort, il était devenu l'animateur d'une chorale bretonne et avait mis sur pied un cours de breton très suivi par les détenus. Il remontait le moral de ses camarades : si on emprisonne ton corps, ton esprit reste libre, il volera.

Quelques jours avant son exécution, sentant la mort approcher, il écrivit à sa femme : « La mort naturelle libère l'humanité de ses fragments usés, mais la mort violente donne par réaction une énergie nouvelle à cette humanité. Toute ma vie, j'ai lutté contre la guerre et pour une vie meilleure, pour le progrès. Les morts sont de grands convertisseurs. Ma mort sera utile. »

D'après des témoins, quand les Allemands vinrent le chercher, lui et huit autres pour les fusiller dans une clairière, les détenus entonnèrent la Marseillaise, puis le chant breton *Bro Goz Ma Zadou* (« Vieux pays de mes pères »).

Odette retrouva ses anciennes camarades de l'école, qui l'accueillirent comme la fille du messie. Avec les quelques économies héritées de sa mère, elle acheta l'épicerie du village dont le propriétaire, collabo notoire et ténor local du marché noir, avait été retrouvé pendu à un arbre peu de temps auparavant, suicide ou vengeance, selon les versions qui circulaient.

Pendant les heures creuses, elle pourrait lire derrière sa caisse. Grâce aux clients, elle ne serait plus jamais seule, et elle avait toujours aimé jouer à la marchande. Surtout, jamais plus personne ne lui donnerait des ordres. À Paris, elle n'était pas maîtresse de sa propre vie, elle l'avait louée à d'autres qui n'avaient pas hésité à la piétiner. Jamais plus elle ne subirait l'humiliation, la domination. Jamais plus elle ne travaillerait pour quelqu'un d'autre. La patronne, ce serait elle.

La femme du maire lui parla d'Émile, *le fils à la Marie.*

— Il serait bien pour toi, çui-ci. Il te faut un homme, ousque tu vas aller, sinon.

Le jeune maréchal-ferrant, solide gaillard, habile de ses mains, vivait encore chez sa mère. Odette le voyait passer tous les jours avec son cheval et sa carriole, elle le saluait derrière sa fenêtre et attendait le bruit de son attelage comme le désert attend la pluie. Le jour du Grand Pardon des Cieux, elle ne vit que lui, épaules larges et mains puissantes. C'était une journée magnifique, chaude et lumineuse, les habitants déambulaient entre fête foraine, course de vélo et démonstrations de biniou. Le cortège de jeunes gens en costume traditionnel, encadré de cavaliers chevauchant des bidets fleuris et enrubannés, fut un immense succès. Émile fixait Odette avec des yeux brûlants, il l'invita à danser, puis, électrisé par le ronflement strident du biniou, il l'embrassa. Ils organisèrent un grand mariage dans la chapelle de Notre-Dame-des-Cieux, une centaine d'invités, un banquet somptueux, et un défilé dans le village au son des cornemuses. Enfin, elle était chez elle, enfin, elle était heureuse. Plus tard, elle repenserait à cette journée du mois d'août comme à l'acmé de son existence. Cette journée où elle devint officiellement madame Émile Tanguy.

Les petits cailloux

Le Bois d'en Haut, été 1994

Cet été, la famille d'Hélène ne peut pas partir à cause des allers-retours à l'hôpital. Oubliées les vacances à Carantec, à déambuler sur la plage en robe de coton. Envolés les projets de reconstruire l'abri de jardin ou d'accueillir un lapin nain. Le quotidien s'est transformé en combat contre l'œuf de caille qui grossit dans la boîte crânienne de son père. Heureusement, Yannick, lui aussi, est assigné à résidence, car ses parents, enchaînés à la pharmacie, ne partent jamais en vacances.

Les gens les regardent bizarrement. Hélène en voit certains qui détournent la tête comme s'ils croisaient un chat noir, on ne sait jamais, des fois que le malheur soit contagieux. Pourtant, avant la maladie, celui qui aimait tout le monde et que tout le monde aimait, au village, c'était M. Kerity, son père. *Si on frappe à ta porte, ouvre,* disait-il, citant l'Évangile. Ami du recteur, du maire et de l'instituteur communiste, doué en menuiserie, il réparait la chaire de l'église et les portes de l'école communale. Le dimanche, après le bistrot, il faisait le tour des fermes dans sa R18 pour raccompagner les hommes qui ne tenaient plus debout et dissuader leurs matrones de les accueillir à coups de balai.

À cause de son nouveau régime, la mère d'Hélène commande à la boulangère apitoyée des Paris-Brest et des fraisiers sans sucre. Le père Kerity débloque, il *foleye*, comme on dit ici, il n'a plus toute sa tête, répète en boucle la femme de ménage des parents de Yannick. L'ennui s'était diffusé lentement dans la vie du père d'Hélène comme un venin à effet retard, qui gagnait du terrain sournoisement, de manière invisible mais déterminée.

Trois ans avant la maladie, un poste de gardien de maison de retraite s'était libéré au bout de la rue. « Il s'agit de sortir les poubelles, réparer les fuites d'eau et changer les ampoules », avait-il expliqué, guettant la réaction de sa femme. Celle-ci avait souri, comme on sourit au bon mot d'un enfant, avant de retourner s'affairer dans la cuisine. Quelques mois plus tard, à table, il avait rompu le silence en mentionnant la station Total en face du lac, à la recherche d'un mécanicien-pompiste. La mère avait haussé les épaules, ils ne manquaient de rien, pourquoi modifier l'ordre du foyer pour un travail déshonorant ? Ils n'en parlèrent plus et la vie avait continué, répétitive et sans issue. Les filles étaient bien trop égoïstes pour voir que leur père dépérissait en silence, et que balayer la cour ou remplir des réservoirs, c'était mieux que le néant de son existence. C'était se mettre en mouvement, relié aux autres par une chaîne invisible, avoir une place dans la société, se sentir vivant. Occupées à grandir, étudier, découvrir l'amour et l'amitié, elles n'avaient pas compris que ce qui se jouait, c'était sa santé mentale, et bientôt sa santé tout court. Avec leur indifférence, elles préparaient un nid douillet pour le cancer au creux duquel il allait venir se nicher et prospérer.

À l'annonce de la maladie, les femmes de la famille étaient arrivées à une même conclusion : contre la maladie, nous autres humains, on ne peut rien. Laissons faire le dieu des chrétiens ou ceux de la forêt.

Soucieuse de donner à sa fille une éducation solide et toutes ses chances dans la vie, Mamie Alexine avait envoyé la mère d'Hélène à six ans en pension chez les sœurs de Sainte-Anne-d'Auray et l'avait récupérée quelques années plus tard, légèrement différente, atteinte du virus de la foi. Celle-ci avait élevé ses filles dans la religion catholique et pestait contre les légendes païennes de sa mère. Hélène et Françoise passaient tout naturellement d'une messe le matin à un hommage aux esprits de la forêt l'après-midi. À dire vrai, aucune des deux ne faisait la différence entre rites païens et chrétiens. Jésus marchant sur les eaux, ressuscitant d'entre les morts, distribuant poissons et galettes, ou bien Arthur et son épée, Merlin et sa baguette, tout ça, c'était de la faribole. Sans parler des saints qui se cachaient à peine de descendre des divinités païennes. Parfois, les deux cultes se mélangeaient, comme lors du pardon du 15 août. D'abord l'office le matin puis la procession, on continuait dans la ferveur des chants et tout s'achevait dans la transe des danses bretonnes, jusqu'à la tombée de la nuit.

Un matin, Alexine avoue à Hélène que son père était déjà, au printemps, venu la consulter plusieurs fois pour des maux de tête. Pauvre Papa qui a affronté seul les premiers symptômes de la tumeur avec de l'essence de bruyère, pense Hélène. La Rebouteuse, incrédule devant le verdict des blouses blanches, fixe les radios un long moment, comme si elle déchiffrait un rébus.

— Il va s'en sortir, ma jolie, dit-elle en plissant les yeux. Je n'ai pas encore vu l'Ankou rôder dans la forêt, son heure n'a pas sonné, poursuit-elle en lui tapotant la joue.

L'Ankou, d'après la légende, est le passeur des âmes, le premier mort de l'année, qui aide ensuite les autres à passer dans l'au-delà. Quand on entend grincer les roues de sa charrette dans la cour, c'est qu'il vient vous chercher.

Elle répète : « Son heure n'a pas sonné. »

Puis elle relativise :

— Tu sais, marmouz, la mort, c'est qu'un rideau, un passage vers l'aut' monde, on se r'trouv'ra tous de l'aut' côté.

Et elle lui tend une fiole à verser dans le café de son père.

La mère d'Hélène, elle, semble résignée. Quand sa fille émet l'idée de demander l'avis d'un autre médecin, elle lui oppose un silence définitif. Si c'est la volonté de Dieu, à quoi bon s'agiter, se révolter, protester.

— La prière et l'assiduité à la messe sont nos meilleures armes. Et puis, tu comprends, je lui avais bien dit qu'il était dangereux, son cube, je l'avais lu dans un magazine.

Le père dormait à côté d'un radio-réveil numérique aux chiffres bleutés. D'après l'article du *Pèlerin*, ces appareils produisent des ondes électromagnétiques détruisant la production nocturne de mélatonine, hormone agissant comme un puissant anticancérigène. La mère d'Hélène avait trouvé le coupable idéal, un cube de plastique acheté cinquante francs chez Darty, capable de terrasser un homme de quarante-cinq ans et quatre-vingts kilos. En même temps, ça arrangeait tout le monde, cette histoire de cube à néon, ça les dédouanait, et ça ne faisait pas de vague, on l'avait débranché et rangé au grenier.

Pour la mère du père d'Hélène, le cancer n'était que la dernière étape d'une longue déchéance commencée dès son mariage. Originaire du Léon voisin, plus riche et civilisé, elle avait hurlé à la mésalliance quand son fils lui avait présenté sa fiancée, issue de la Bretagne des pardons et des pouilleux. Puis elle l'avait banni de son cœur quand il avait abandonné sa carrière d'ingénieur.

Mariée au patron du syndicat des dockers du port de Brest, sa Bretagne à elle, c'était celle du grand large. À l'opposé de leurs voisins paysans taiseux, ils causaient, débattaient, s'indignaient, pleuraient un naufrage, commentaient la politique. Au fil des années, à force de ne rien lâcher à coups de grèves et de poings, les dockers avaient acquis une situation très enviable qui avait permis aux grands-parents d'Hélène de s'installer dans un pavillon de Brest même. Grâce à la lutte acharnée de son mari contre les patrons exploiteurs du peuple, sa grand-mère était devenue une véritable bourgeoise, avec femme de ménage et coiffeur deux fois par mois. Elle méprisait les Bretons de l'intérieur, ces ploucs restés à l'âge de pierre qui lui avaient pris son fils.

Quand elle avait débarqué au village, la famille de sa belle-fille buvait le café dans des verres en Pyrex. La Brestoise leur avait acheté des tasses en faïence, et Mamie Alexine avait béni ce gendre de la ville qui apportait l'abondance dans la tribu. Brève abondance, car sa mère n'était jamais réapparue.

La famille d'Hélène lui rendait visite tous les ans à Noël les mains pleines de victuailles : gâteau breton, andouille et cidre brut de la ferme voisine. Chacun devait enlever ses chaussures à l'entrée du pavillon pour ne pas salir le lino brillant comme du cristal. Le père d'Hélène arrivait plein d'enthousiasme chez sa mère, avec l'espoir que cette fois-ci serait différente de la dernière. Qu'elle manifesterait un peu de chaleur maternelle, d'attention, de tendresse, d'amour en somme. Au fil de la journée, son sourire s'estompait et ses yeux bleus se voilaient de gris.

— Mesdemoiselles, savez-vous que votre père a un diplôme d'ingénieur ? Toutes ces études pour rien... quel dommage. Et que votre grand-père dirigeait jusqu'à sa mort le principal syndicat du port de Brest ?

Puis elle leur contait les exploits de son regretté mari, qu'elles avaient entendus mille fois mais s'efforçaient d'écouter sagement en ponctuant son récit de « oh » et de « ah » admiratifs. Leur père, les yeux baissés, résigné, encaissait les coups comme un enfant au coin. Et gardait sous le tapis les pans de l'histoire qu'elle oubliait : l'alcoolisme sévère qui avait envoyé prématurément le syndicaliste au cimetière, les scandales de corruption au syndicat qui avaient fait la une des journaux peu après sa mort. Puis les filles fixaient la toile cirée à fleurs du salon tandis que s'abattait sur elles une pluie de questions prévisibles :

— Hélène, tu as un petit copain ? Et à l'école, vous êtes premières de la classe, j'espère ? Vous mangez suffisamment ? Tu sais qu'un sac d'os ne tient pas debout ?

Après le goûter, le père se levait d'un bond, comme s'il ne pouvait en entendre davantage, parlait du trafic sur la route, des devoirs des filles à terminer, des nuages gris qui allaient tourner à l'orage. Et la famille filait après avoir embrassé Mamie sur ses joues piquantes. Dans la voiture, quelle que soit la météo, il ouvrait la vitre, laissant s'engouffrer le vent, le parfum des embruns, la pluie battante. Dès que les faubourgs de Brest s'éloignaient, le visage du père s'animait de nouveau, parfois il remerciait sa femme de l'avoir accueilli dans sa famille.

Aujourd'hui, assise en tailleur par terre dans la salle d'attente, pendant la séance de rayons, Hélène se remémore ces moments et écrit dans son carnet :

Coupables du cancer de Papa :
Le mépris
L'indifférence
Les commérages
Le silence, les non-dits
Le cube en néon
La poudre de perlimpinpin

Révoltée par cette impuissance généralisée, elle voit pour la première fois sa famille telle qu'elle est. Lâche, médiocre, incapable de protéger l'un des siens. Depuis quelques jours, elle a compris que son père n'allait pas guérir tout seul, ces histoires de volonté, de courage, de chaîne de solidarité entre miraculés, c'est de la foutaise, la maladie galope, l'asphyxie et l'humilie chaque jour un peu plus. Elle est la seule à pouvoir le sauver. Et elle a un plan.

Le cœur net

Depuis le savon que lui a passé Fanch, suivi des insultes du vieux Denez, Yannick ne dort plus. Il aurait tant aimé que Fanch l'intègre dans son cercle, lui parle d'égal à égal, de militant à militant. Mais dans ses yeux, il avait lu une déception froide et définitive, il n'était qu'un raté, un ado pathétique en mal de sensations fortes.

Fanch avait quitté la réunion sur son énorme et antique Harley Davidson, une de ces machines abandonnées par l'armée américaine, avec ses grosses sacoches en cuir fauve. Au ralenti, l'engin émettait un son caverneux qui en imposait déjà. Et quand il mettait les gaz, le vacarme était capable de couvrir bombardes et binious dans les fest-noz. Sans un mot ni un regard, il était passé devant le scooter de Yannick qui, lui, n'aurait pas couvert le bruit d'une harpe.

Un matin, occupé à régler le starter de son engin, il voit le vieux Denez s'approcher, mine de conspirateur sous son béret.

— Tu veux quoi ?

— Un truc à te dire qui va t'intéresser, rapport à ton écrivain parigot, on en parlait l'aut' soir.

— Dis toujours.

— Pendant le mariage, juste avant l'explosion, ton Hélène, je l'ai aperçue avec lui, ils revenaient côte à côte d'un sous-bois.

— Et alors ?

— Ils se tenaient la main. Enfin j'suis pas sûr, mais j'me méfierais, à ta place.

— Ils se tenaient la main ou pas ?

— J'suis pas sûr, j'te dis, mais dans leurs yeux, c'était tout comme. Et même plus.

Yannick enfile son casque pour cacher sa rage : le grand écrivain est en train de lui piquer Hélène. Hélène dont il écoute patiemment depuis des mois les exposés littéraires, les angoisses sur l'avenir, les disputes avec sa sœur. Comment ce type avait-il fait pour se pointer et, paf, lui prendre sa place ? Une élève de sa femme, en plus !

Et dire que, tous les jours, il accompagne Hélène au manoir et vient la chercher le soir. Tous les jours, il la pousse un peu plus dans la gueule du loup. Quel crétin ! Mais ça ne se passera pas comme ça. Je dois trouver un moyen de savoir ce qui se passe dans ce manoir, se dit-il. Je lui péterai la gueule, à ce marquis pédant, et il rampera à mes pieds, le salopard.

Une fille comme vous

Après plusieurs appels et supplications, Hélène a réussi à obtenir un rendez-vous avec le grand ponte des tumeurs au cerveau, chef de service à l'hôpital de Rennes, qu'elle a vu l'avant-veille au journal de FR3. « Vous avez de la chance, je viens d'avoir une annulation, d'habitude c'est trois mois d'attente », lui a dit la secrétaire au bout du fil. Un coup de pouce du destin. Les miraculés protègent sa famille. Elle est confiante, elle va rencontrer Superman, il va trouver un remède, intégrer son père dans son fameux nouveau protocole très prometteur, le sortir d'affaire. Tout problème a une solution, il suffisait de trouver le Spécialiste.

Elle prend le car, avec les radios dans un carton à dessins. Quatre heures plus tard, le Spécialiste est devant elle. Son regard bleu presque blanc, d'une douceur infinie, a dû voir bien des souffrances et des douleurs muettes. Il l'écoute, la laisse dérouler l'histoire. Coup d'œil rapide sur les radios. Elle fixe son visage, à la recherche d'une étincelle d'espoir. Comme un condamné qui espère une grâce, un supplément de vie. Puis d'une voix délicate qui la transperce :

— D'abord, si un jour je suis malade, j'espère que ma fille sera comme vous.

Il lui sourit avec tristesse, puis :

— Vous savez, mademoiselle, la maladie est bien plus forte que moi. Nous ne pouvons rien, je ne peux rien.

— Mais vous pouvez l'intégrer dans votre nouveau traitement expérimental, non ? Il est jeune, il n'a jamais fumé ni bu, il répond aux critères dont vous parliez à la télé.

Il plisse les yeux, retire ses fines lunettes, puis d'une voix lasse :

— Pas vraiment. Le protocole concerne les tumeurs de stade 1. Votre père a atteint le stade 4... Mademoiselle, j'aimerais vous aider, mais la maladie est bien trop avancée...

Fin de partie. Baisser de rideau. Elle ne voit plus que les rides qui strient le front du médecin, comme des griffures de ronces. Elles n'étaient pas là dix minutes plus tôt. Le cancer pose son empreinte partout. À ce moment-là, elle aimerait s'écrouler dans les bras du médecin, poser sa tête sur son épaule, et laisser couler ses larmes. Elle n'a jamais pleuré depuis l'annonce de la maladie, elle n'est pas douée pour les effusions, les débordements. Elle a gardé la tête froide, pour tenir son rang d'aînée. Mais, vaincue, terrassée par cet ennemi bien trop fort, elle comprend que, parfois, les questions sont sans réponse, les problèmes sans solution. Parfois, on ne peut pas tout. Parfois on a le droit de pleurer.

Ses yeux fondent, puis elle retient ses larmes, songe à toutes ces choses qui lui résistent :

La géométrie dans l'espace. Le grand écart.
Avoir des fesses plates. De longues jambes. Une peau dorée.
Garder la tête sous l'eau plus d'une minute.
Voler. Dormir dans les nuages.
Guérir Papa.

Elle quitte les yeux bleus au front strié. Le Spécialiste n'est qu'un homme dont elle emporte la bonté, pas un magicien.

Dans la rue, cris d'enfants, klaxons, marteau-piqueur, file d'attente à la boulangerie. Tout est comme avant, les passants passent, les affairés s'affairent, les amoureux s'amourachent et les conducteurs conduisent. Son père va mourir, et la Terre, indifférente, continue de tourner. Scandale.

Sur le chemin de la gare routière, elle passe devant une église, se réfugie à l'intérieur, en plein office. Un rayon de soleil oblique illumine le vitrail. Un chant monte du chœur :

Grain de blé qui tombe en terre
Si tu ne meurs pas
Tu resteras solitaire

Ne germera pas
Qui à Jésus s'abandonne
Trouve la vraie vie
Heureux l'homme qui se donne
Il sera béni.

Elle prie. Seigneur, s'il te plaît, sauve-le. C'est un bon fils et un bon père, il t'a toujours aimé et servi, ne l'emporte pas. Pas maintenant. Si tu guéris les paralytiques, pourquoi pas lui, ajoute son nom sur ta liste. Il soulève des roches, tu sais, il fait des miracles comme toi.

Contrairement au rendez-vous à Rennes, les séances de rayons sont cruelles. À l'hôpital, le plus dur ce n'est pas le manque de moyens ou l'odeur écœurante. Non, ce qui glace le sang, c'est la banalité du malheur. Le ciel vous tombe sur la tête, vous vivez un cauchemar, mais ici, vous êtes un numéro, la dame derrière son pupitre vous demande de vous asseoir et d'attendre votre tour. Vous avez envie de crier que votre père a passé une heure de route sur un brancard, plus une à attendre ici, que peut-être il a droit à un peu de considération. Mais non, ici c'est l'usine à cancers, les tumeurs à la chaîne, les petits drames familiaux n'intéressent personne. Quand arrive enfin votre tour, la dame vous indique sèchement qu'il manque un document de la mutuelle, que le dossier n'est pas complet, retournez à votre place. Vous avez envie de l'agripper, de l'insulter, de cracher sur son comptoir en Formica, mais elle a tout pouvoir sur vous et elle le sait, elle a la vie de vos proches entre ses mains, ici elle est tout et vous n'êtes rien. Alors vous courbez l'échine et regagnez votre place, le regard dans le vide.

Le scan est encore en panne, revenez la semaine prochaine. Vous protestez que votre père s'est réveillé à 4 heures du matin pour être à l'heure à ce rendez-vous important. « C'est pas de notre faute, mademoiselle, c'est la machine », dit l'interne dans un soupir résigné.

Un soir, à l'épicerie, la veuve Tanguy lui souffle à l'oreille :

— Mignonne, je te dis les choses, parce que je me fais du souci pour toi. Elle lui attrape le poignet avec force, son haleine âcre fuse avec les paroles, les yeux exorbités du poison de la haine. Ne traîne pas chez ces gens, tu vas au-devant d'un grand malheur.

Hélène décroche la main de la vieille de son poignet, enfourche son vélo et rentre à la maison aussi vite qu'elle peut. À la tombée de la nuit, Françoise grimpe sur son lit :

— Y en a qui disent que tu couches avec le mari de ta prof, c'est pas vrai, dis ?

Hélène la repousse d'un geste brusque :

— N'importe quoi. Rendors-toi.

Dans son lit, les yeux fixés sur le plafond, Hélène sent la honte emplir sa poitrine, elle peine à respirer. Elle n'aurait jamais dû entrer dans la cabane de Raymond, ni surtout lui parler au mariage. Quelqu'un a dû les voir et maintenant tout le village cancane. Pourvu que Lilly n'ait rien raconté à Marguerite.

Comme il est loin le mois de juin, celui des révisions du bac où, portée par l'attention de Marguerite, Hélène écartait les eaux. La pesanteur l'a rattrapée et la colle au plancher.

Bas les masques

De retour au manoir, Marguerite essaie de se calmer, mais les paroles de la vieille folle résonnent dans son cerveau : *il paraît qu'il fricote avec ton Hélène.* Dans le dictionnaire, fricoter c'est manigancer, mijoter, s'occuper d'affaires louches. Elle voit bien que Raymond n'est plus le même depuis l'apparition d'Hélène, le soir du dîner. Maintenant qu'elle passe les après-midi au manoir, il déborde d'une vitalité qui ne semble plus rien devoir à son coup de foudre pour la Bretagne.

Marguerite se souvient de sa première rencontre avec la jeune fille, quand elle avait timidement levé la main à l'appel de son nom. Cheveux tirés derrière la nuque, visage pâle, ongles rongés avec méthode mais, dans son regard, une étincelle prête à s'embraser. Après le cours, elle l'avait regardée s'éloigner dans la cour avec un beau garçon aux longs cils, Yannick. Lui, amoureux, la fixait de ses yeux fiévreux. Elle, épaules un peu rentrées, marchait un pas devant sans se retourner, avec la démarche gauche de l'adolescente qui ne sait pas qu'elle est jolie. Moi, je lui sauterais au cou, avait songé Marguerite. Trop sage jeunesse.

Immédiatement, Marguerite avait été saisie d'un élan d'affection qu'elle réprima. Hélène ne voulait parler que littérature et poésie, posant des questions de plus en plus profondes. Alors Marguerite jouait son rôle, incarnant savoir et autorité, mais elle aurait tant aimé mieux connaître la jeune fille. Savoir de quelle couleur sont ses rêves.

Elle se souvient de ce premier dîner, Hélène ne portait pas le sempiternel sweat à capuche du lycée mais un petit pull ajusté qui découvrait la finesse de ses clavicules. Ses cheveux étaient lâchés. Petit oiseau fragile et fort à la fois. Depuis ses venues quotidiennes, l'atmosphère de la maison a changé, comme si le regard qu'elle portait sur les choses suffisait à transformer le plomb en plume. Parfaitement éduquée, elle s'est extasiée devant les rayonnages de livres, les cabrioles de Lilly, les arbres, qu'elle a touchés un à un du plat de la main. Elle a longtemps caressé ce pauvre chien boiteux, qui d'habitude rebute les enfants. A plaqué son dos contre le gros rocher qui affleure au milieu du jardin, pour entendre sa vibration, a-t-elle précisé. Elle semble chez elle ici, voit des choses ou des êtres invisibles pour les autres, les pas nés ici.

À son arrivée, cette vieille maison de pierres froides et humides s'est parée d'un éclat nouveau. Ce premier soir, Raymond a abandonné sa hutte pour les rejoindre, comme un feu qu'on ranime. Lui semble avoir réussi là où elle a échoué : percer la coquille, créer une intimité avec la lycéenne modèle. Qu'y a-t-il entre eux ?

Elle a beau croire Raymond insensible au charme d'une gamine, savoir qu'il n'est pas homme à basculer dans ce genre de ridicule, elle s'interroge sur la nature des liens qu'elle sent circuler entre eux. Et voit bien qu'il y a de la séduction dans l'air. Elle-même se sait attirée par la jeunesse et l'orgueil délicieux de Yannick. Alors pourquoi Raymond resterait-il insensible aux attraits d'Hélène, à la sensualité mal assurée de ses gestes, à sa fraîcheur ? Depuis quand un homme mûr résiste-t-il aux avances d'une jeune fille ?

Soudain, elle ressent l'envie irrépressible de provoquer les événements plutôt que d'en subir le cours. Elle attend que Raymond rentre de promenade, et lui dit qu'elle aimerait inviter son élève préférée à dîner. Il acquiesce sans manifester la moindre émotion et se retire dans sa cabane.

Le lendemain, elle guette le bruit du scooter de Yannick et, quand elle aperçoit les adolescents devant le manoir, se précipite à leur rencontre avec Lilly à ses basques.

Elle sourit à Yannick :

— Venez donc dîner ce soir, tous les deux, je me rends compte qu'on se croise, on n'a jamais le temps de parler.

— Oui, oui, s'il te plaît, viens ce soir, poursuit Lilly en tirant sur la manche d'Hélène.

— Avec plaisir, s'empresse de répondre Yannick, sous le regard interloqué de sa passagère.

L'après-midi, Marguerite rentre tôt de Brest pour ranger la maison, composer de jolis bouquets, ramasser les livres amoncelés par terre, mettre un gigot à rôtir dans la vieille gazinière. Devant la table dressée, elle s'assoit et se sert un verre de bordeaux, puis un autre avant l'arrivée des invités. En ce moment précis, elle éprouve la sensation parfaite de dominer le chaos.

Ses invités frappent au carreau, Yannick a troqué son tee-shirt pour une chemise, Hélène, petit haut noir, semble tendue comme un câble à haute tension. Lilly lui saute dans les bras. Arrive Raymond, inhabituellement rasé et coiffé, vêtu d'un pantalon et d'une chemise de lin. Hélène regarde ses chaussures.

Marguerite lève son verre :

— Je porte un toast au couple parfait du village. Le plus beau garçon et la meilleure élève du Centre-Bretagne !

Raymond, concentré sur son verre de vin, le descend aussi sec.

Sous l'effet de l'alcool, Marguerite parle beaucoup et vite, félicite Yannick pour l'ardeur de son combat pour la Bretagne, et loue son talent d'orateur :

— C'est pas tous les jours qu'un élève me tient tête, ça me change des gentils étudiants mollassons de la Sorbonne.

Le visage du jeune homme s'illumine, il ronronne comme un matou gavé de caresses. Marguerite devine que ses parents doivent être avares en compliments, alors elle en rajoute, l'encourage à parler. Yannick raconte la vie au village, les haines cuites et recuites héritées de l'Occupation voire d'avant, la façon dont on s'évite jusque dans le choix de la crêperie, du coiffeur, de l'heure à laquelle on va à l'épicerie.

Marguerite songe qu'il a un charme fou dès qu'il abandonne sa cuirasse de militant borné.

Quand Raymond revient de la cuisine avec le gigot, Yannick lui lance d'une voix forcée :

— Avec Hélène, on va reprendre la pharmacie de mes parents. La grand-mère d'Hélène soigne les anciens, on a la fibre médicale dans nos deux clans. Vous ne pouvez pas savoir à quel point c'est important une pharmacie dans un endroit comme ici.

Raymond reste silencieux, comme spectateur, à l'affût du dénouement. Encouragée par les verres de vin, Marguerite renchérit :

— Pharmacien, quelle chance vous avez. Les médicaments, c'est du solide, c'est rassurant. Ici, entre les retraités et les chômeurs, vous êtes assis sur un tas d'or, Yannick. Et jamais de crise à craindre, c'est l'État qui finance !

— Mais oui, enfin, c'est ce que je me tue à expliquer à Hélène ! répond Yannick, embarrassé par l'enthousiasme surjoué de sa prof qui s'adresse désormais à Hélène.

— Femme de pharmacien, quelle situation enviable, te voilà à l'abri du besoin, Hélène.

— Oh, pour moi, ce n'est pas ce qui compte, bredouille l'adolescente, gênée. Ce que j'aimerais d'abord...

— À moins que tu ne préfères les hommes mûrs aux garçons de ton âge ? l'interrompt Marguerite.

Un ange passe. Hélène baisse les yeux, mâchant et remâchant un morceau de viande qu'elle aimerait bien réussir à avaler. Raymond, toujours silencieux, allume une cigarette.

— On peut rentrer ? Je ne me sens pas très bien, dit Hélène à Yannick en le suppliant du regard.

— Ah non, pas maintenant, on commence seulement à s'amuser, répond Marguerite d'une voix redevenue douce.

Elle pose sa main sur la cuisse de Yannick, qui se raidit.

— On a toute la nuit devant nous...

— Ça suffit, maintenant ! dit Raymond en frappant la table avec son poing. Tu arrêtes tout de suite et tu t'excuses.

Lilly, qui depuis le début du dîner dessine des dragons, cachée sous la table, sort la tête de sous la nappe, peu coutumière des éclats de voix de son père. Marguerite vide son verre en tremblant et quitte la table, sans avoir touché à son assiette. Une porte claque, si fort qu'on entend la poignée tomber sur le plancher.

Raymond les raccompagne sur le seuil, dit qu'il est désolé, que parfois Marguerite boit trop et se donne en spectacle, qu'il ne faut pas lui en vouloir.

En marchant vers le scooter, Yannick chuchote :

— C'est quoi, ce délire ? Tout le village raconte qu'il te tourne autour et même un peu plus. C'est pour me faire mon idée que j'ai accepté ce dîner. Qu'est-ce que vous trafiquez ensemble ? J'suis pas assez bien pour toi ? C'est parce que lui, c'est Monsieur l'Écrivain parisien ?

— Ramène-moi, s'il te plaît, supplie Hélène d'une voix blanche.

— Elle, je savais qu'elle était perverse. Tu te souviens quand elle t'a prêté ce recueil de poésie cochonne de Verlaine ?

— Apollinaire. Pas Verlaine. Ramène-moi.

Il lui attrape le bras.

— Fais gaffe, Hélène, ces gens-là, ils jouent avec toi. Si tu veux une bibliothèque, le menuisier la fabriquera, si tu veux aller au théâtre, je t'y emmènerai, même à Paris. Je t'aime, Hélène.

Marguerite observe la scène, cachée derrière les persiennes. Qu'ont-ils à se chamailler, ces deux-là ? Pourquoi ne l'embrasse-t-il pas ? À ce moment, Marguerite se rend compte que tous deux sont vierges, qu'ils ne sont pas les étudiants affranchis qu'elle côtoyait à Paris. L'idée que Yannick soit puceau la fait délicieusement frémir.

Dès que le scooter a franchi la grille du parc, elle redescend, hésitant entre l'envie de s'excuser et celle d'avoir une franche explication. Mais sur la table, plus aucune trace du repas, Raymond a tout rangé, jeté les fleurs, couché Lilly, puis est parti dormir dans sa cabane.

Tout à coup, l'absurdité de son comportement lui tombe sur les épaules. Elle s'est laissée embarquer par les ragots fielleux des villageois. Elle a douté de Raymond, et d'Hélène, s'est fâchée avec les deux, et se retrouve plus seule que jamais.

Le serviteur de Dieu

Le Bois d'en Haut, 1958

Oubliées, les privations de la guerre et les humiliations à Paris, Odette était désormais une dame, pavanant en jupe au-dessus du genou, à la mode parisienne, quand ses voisines portaient encore la blouse grise jusqu'aux chevilles. Émile lui avait offert un transistor qu'elle écoutait avec passion à l'épicerie. Le soir, elle profitait de la salle de bains toute neuve installée dans l'ancienne chambre des enfants malades. Elle avait demandé au vendeur de Formica de la débarrasser des vieux meubles de ses parents, le lit clos, la commode et l'armoire cloutées, elle voulait du Moderne, du Propre, car elle avait désormais une Situation. Son épicerie, toujours bondée, attirait les villageoises qui se ruaient sur les produits ménagers dont la toute nouvelle télévision vantait les mérites. Elle avait aussi installé un bac réfrigéré pour les produits laitiers que les enfants réclamaient de plus en plus.

La vie s'écoulait, paisible, entre l'épicerie, la messe et les kermesses. Odette économisait pour un jour partir avec Émile en vacances en Italie, *la dolce vita, le chic du chic*, disait-elle aux voisines le dimanche après la messe dans son salon tout neuf. Elle avait vu *Casablanca* à la télévision et rêvait de s'enfuir en Afrique dans les bras d'Humphrey Bogart en robe d'organza et de soie blanche.

Émile n'avait jamais quitté le village. Il sortait son couteau de sa poche pour couper le pain ou la viande, négligeant les couverts posés devant lui, et rentrait fourbu de ses longues journées à l'atelier ou dans les fermes. Il songeait à se mettre à la mécanique, car les chevaux à ferrer se raréfiaient, peu à peu remplacés par les tracteurs. C'était un homme bourru et silencieux, mais amoureux fou de sa femme. Un soir, après qu'elle lui avait parlé de l'épouse du maire qui roulait désormais en automobile, elle trouva devant la maison une Dauphine toute neuve.

Un matin, un garçon d'une ferme voisine vint la trouver à l'épicerie tout essoufflé. *Émile a eu un accident, il faut venir, vite.*

Le sabot d'un cheval l'avait frappé en pleine poitrine et il rendit son dernier souffle dans les bras de sa femme sans avoir pu prononcer un mot. Veuve à trente ans, elle se retrouvait une nouvelle fois seule au monde. Le malheur, qu'elle pensait avoir laissé derrière elle à Paris, la poursuivait jusque dans l'écurie d'une ferme.

Un homme lui fut d'un grand secours dans son chagrin : le curé du village, qu'elle voyait depuis des années à la messe sans le connaître vraiment. Il lui rendit visite plusieurs fois après la mort de son mari et, de ses prières et paroles consolantes, sut dissoudre rapidement son chagrin. Désormais, elle assistait à la messe tous les jours, pour fortifier la foi que lui avait léguée sa mère. Était-ce trahir son père, ce communiste bouffeur de curés ? Peut-être, mais une nouvelle figure paternelle s'incarnait désormais dans le visage et la voix du père Corentin. Elle l'adorait. Dans son esprit, il y avait Dieu, Jésus et, juste derrière, le père Corentin. Il faut dire qu'il était fort bel homme et, dans son regard, brillait une ferveur toute chrétienne. Le samedi, on le voyait dépouiller son corps d'athlète de sa soutane et jouer au foot avec les garçons du village. L'été, il emmenait les adolescents dans un camp de vacances dans les Alpes, dont ils revenaient bronzés et affûtés. Tous les dimanches, avant la messe, Odette l'approvisionnait en galettes de sarrasin, confitures et gâteaux maison.

Ses sermons à l'église ressemblaient à une symphonie, ses mots étaient doux à l'oreille et pour rien au monde Odette n'aurait manqué la messe quotidienne de 8 heures.

Jolie fille dotée d'une épicerie, elle reçut diverses propositions des rares célibataires du village, et les déclina toutes. Vivre dans la proximité de son prêtre, sans attentes ni promesses, la comblait entièrement et platoniquement. Ces « besoins », dont les gens parlaient parfois, le regard égrillard, elle les ignorait. Avec Émile, elle faisait « ça » par devoir, pour le satisfaire, et le moins souvent possible car un peu d'abstinence et il n'en était que davantage confit en passion et en dévotion.

Pas question de « ça » avec le prêtre, et c'est peut-être ce qui l'attirait chez le saint homme. Toute phrase commençant par « Père Corentin a dit » signifiait qu'il n'y avait pas de contestation possible.

Un jour, allant fleurir l'église, elle entendit d'étranges bruits dans la sacristie et, ouvrant la porte, trouva une fille du village ahanant à califourchon sur le père Corentin, pantalon descendu aux chevilles. Les fleurs lui tombèrent des mains et elle s'enfuit en courant.

L'effroi passé, elle ne put s'empêcher d'aller narrer l'affaire à son amie d'enfance, la seule à laquelle elle avait envoyé des cartes postales durant ses années parisiennes, Alexine.

— Tu t'rends compte, un prêtre, avec une fille du village, avait dit Odette en tremblant

— C'est donc ça, un curé défroqué...

— Mais lui ! Tu t'rends compte, lui !

— Ma doué, sous l'ange, il y avait la bête, ça m'étonne qu'à moitié, ces hommes, c'est toujours dans l'pantalon qu'ils ont le gouvernail.

La nuit même, munie du fusil de chasse d'Émile, Odette alla tirer le vil pécheur du lit, lui fit faire sa valise canon dans les reins, l'accompagna à sa 2CV et regarda les feux rouges de l'auto disparaître à jamais dans la nuit. L'homme avait à peine protesté.

Sa soudaine absence fit grand bruit dans le bourg. Personne ne sut exactement ce qui s'était passé mais, nourrie par un bavardage d'Alexine ou un aveu de la pécheresse, la légende du lieu s'enrichit d'un nouveau chapitre : comment l'épicière, la fille du héros du village, avait renvoyé au diable le serviteur de Dieu, l'avait peut-être même tué et enterré dans la forêt avec la complicité de la Rebouteuse. Depuis, les deux femmes étaient craintes autant que respectées.

Après l'envol du père Corentin, Odette ne participa plus aux bals ni aux pardons du village, seulement à la messe du dimanche, indispensable à son commerce, et ne fréquenta plus le cimetière que pour saluer feu ses époux et père. Elle s'attardait aussi devant les tombes d'enfants, dans l'attente d'un signe de Dieu, d'une lumière, d'un appel de l'âme de sa fille, sans sépulture, pour l'éternité

Le reste du temps, elle restait retranchée dans son épicerie à regarder des séries américaines ou plongée dans des romans d'amour. Depuis que son épicerie vendait de la presse, elle se jetait sur les histoires de princesses et de stars hollywoodiennes d'*Ici Paris* ou de *France Dimanche*. La vie des riches et célèbres la comblait en émotions, surtout le destin de ces femmes qui avaient su s'extraire de leur condition par la ruse ou la chance. Elle s'en voulait d'avoir laissé passer la sienne à Paris, mais elle était si jeune et si naïve. La vie de ses semblables, médiocre et terne, ne l'intéressait plus.

L'adieu aux armes

D'après les gens du coin, à partir du 15 août, le temps change. À cause des grandes marées, on perd subtilement quelques degrés, le ciel s'assombrit, et un bref crachin gris s'invite souvent dans la campagne. À partir du 15 août, le ciel serein n'est qu'illusion, l'orage et la déroute, près de la côte, guettent les monts. C'est le moment où chandails et cirés ressortent des placards.

Le lendemain du dîner, un matin sans espérance, Yannick soigne sa gueule de bois à l'aspirine effervescente quand retentit la sonnerie du téléphone. Il reconnaît la voix rauque de Marguerite. Elle insiste pour qu'il passe la voir au manoir, *j'avais trop bu, je voudrais vous présenter mes excuses*, passez prendre un café.

Yannick reste muet. Les pensées cognent dans sa tête, plus fort que le vin. Alors qu'Hélène le regarde avec affection, comme on caresse un vieux chien fidèle, Marguerite le désire, il l'a vu clairement dans ses yeux lors du dîner de la veille. D'après le peu que le jeune homme connaît de l'amour, les hommes désirent les femmes et celles-ci, dans le meilleur des cas, se laissent désirer. Mais à la fin de la soirée, elle avait posé sa main sur sa cuisse, il avait ressenti un frisson délicieux. Plaisir et douleur mélangés. Elle avait trop bu, avait-il songé en s'endormant. Mais son appel de ce matin l'électrise : Marguerite assume son désir, ne minaude pas comme les filles du lycée, et cette pensée le terrifie autant qu'elle l'excite. Aucune femme ne l'a jamais désiré.

Quelques minutes plus tard, le jeune homme est devant la porte du manoir.

Vêtue d'une robe en soie blanche ouverte sur la naissance de ses seins, les cheveux courts dévoilant la délicatesse de sa nuque, elle l'accueille sans un mot, avec ces mêmes yeux brillants qui la veille l'avaient envoûté. Ils se regardent. Elle lui prend la main et l'entraîne dans l'escalier.

— Raymond est parti randonner avec Lilly et Hélène, ça nous laisse au moins deux heures, dit-elle, la voix comme une caresse

Après, il oublie tout, Hélène, l'impérialisme jacobin, la pharmacie, le Grand Écrivain Parisien. Rien ne compte plus devant le désir d'une femme. Le temps des idées est derrière lui et celui des explications viendra plus tard. En cet instant, il n'y a que son parfum, la chaleur de sa peau, et son regard sur lui. Pas celui d'une copine de lycée, pas celui d'une prof, encore moins celui d'une mère, un regard de femme qui dit *je te veux, toi*.

Leurs lèvres se mêlent puis leurs peaux. Son corps, nerveux et souple, le presse et l'enserre, sa main le guide avec avidité et autorité, sûre de ses gestes. Elle essuie son front brûlant, esquisse un léger sourire comme pour demander la permission, avant de glisser tout entière sur son corps. Tétanisé, il la regarde, concentrée sur son plaisir, ailleurs, hors d'atteinte. Puis elle retombe, se love dans son cou quelques instants, avant de s'écarter, comme si elle revenait enfin à elle. Elle disparaît dans la salle de bains, le laissant admirer la finesse de ses hanches et la courbure parfaite de ses fesses. Elle ressurgit habillée, coiffée, maquillée, revêtue de la panoplie de la prof de français et cela le trouble encore plus. Alors il se lève, l'attire sur le lit, et ils recommencent puis descendent à la cuisine, affamés comme deux naufragés. Elle pose sur la table deux verres de vin rouge en cristal et des restes de la veille qu'ils dévorent froids, sans parler. Le chat saute sur ses genoux.

Elle lui dit qu'elle a du travail, qu'on l'attend à Brest, lui caresse la joue et file sans plus d'explications.

Les sombres pensées

Le Bois d'en Haut, été 1994

Devenue la matrone voire la patronne du village, Odette règne sur le groupe des femmes, faisant et défaisant les réputations d'un commentaire. Désormais, on l'appelle la veuve Tanguy. Malheur à ceux qui s'installent au village sans venir courber l'échine à l'épicerie.

Parmi ses clientes, elle avait une affection particulière pour la pharmacienne, une fille d'Ille-et-Vilaine, pourtant, qui lui avait demandé d'être la marraine de son fils Yannick. À la naissance du filleul, elle lui avait préparé une chambre au-dessus de l'épicerie, où tout était à sa place : le grand berceau blanc couvert de dentelle, la table à langer, le parc en bois. Dans l'armoire, les pulls tricotés durant l'hiver parfaitement pliés, les peluches posées sur le lit, on aurait juré une publicité pour un catalogue de puériculture. « Si vous avez besoin de moi une nuit, tout est prêt », avait-elle lancé aux parents un peu embarrassés. Le garçon n'avait jamais dormi chez sa marraine, mais, après l'école, il s'arrêtait souvent à l'épicerie prendre son goûter, un chocolat chaud et de grandes tartines beurrées.

Elle le surveillait comme le lait sur le feu. Il était l'enfant qu'elle n'avait pas eu. Un jour il se marierait, et elle pourrait partir en paix. Quand Yannick et Hélène avaient commencé à traîner ensemble après les cours, elle leur avait rêvé un grand dessein : se marier. Son filleul avec la petite-fille d'Alexine, sa meilleure amie, c'était l'alliage idéal, la combinaison parfaite, l'assurance que l'esprit du village leur survivrait.

Tous les soirs, elle aidait Yannick à faire ses devoirs puis y ajoutait une dictée, un peu de grammaire et de conjugaison.

— Tu sais pas le subjonctif, mais qu'est-ce qu'ils vous apprennent dans c't'école ? C'est pas possib' de pas savoir ça à ton âge. Ton professeur, c'est un incapab' ou quoi ?

En retour, il lui posait des rafales de questions sur la guerre et son enfance au village. Tous les détails le passionnaient : qui avait été résistant ou collabo ? Qui avait été dénoncé, arrêté, ou fusillé ? Par qui ? Pourquoi ? Avec le temps, le père de sa marraine était devenu son héros. Quand elle lui avait raconté qu'il enseignait le breton jusqu'à sa mort au camp de Châteaubriant, il s'était inscrit au cours du soir.

Yannick continuait à rendre visite tous les samedis à la veuve mais, depuis quelque temps, elle le trouvait changé, il avait perdu son sourire, se grattait la tête sans cesse, ne tenait pas en place. La veille du dîner au manoir, il lui avait expliqué que la prof du lycée avait mis des idées bizarres dans la tête d'Hélène, lui parlait de Paris, d'études supérieures, et que depuis, elle n'était plus la même.

— La prof du lycée que tu dis ? Elle est venue à l'épicerie nous narguer, avec sa voiture de luxe et ses talons. Celle-là, je l'aime pas avec ses manières.

Yannick et la veuve Tanguy avaient fini leur café en silence, chacun plongé dans de sombres pensées.

La balade en forêt

Samedi 17 août, Hélène se morfond dans son lit. Depuis la scène du dîner de la veille, elle a peur de ce couple étrange, peur du désintérêt de Marguerite, peur de l'intérêt de Raymond, elle entend résonner les mots de la veuve Tanguy : *tu vas au-devant d'un grand malheur*.

Une heure plus tard, la sonnette retentit, elle ouvre la fenêtre, aperçoit le visage de Raymond qui lui sourit et, derrière lui, Lilly tenant Lord Byron en laisse.

— On part se promener en forêt. Accepterais-tu de nous servir de guide ?

Devant les yeux suppliants de Lilly et la voix douce de Raymond, elle attrape sa veste en jean et descend les rejoindre.

— Et votre livre ? dit-elle à Raymond sur le seuil de la porte.

— L'inspiration viendra dans les bois, répond-il en tapotant un carnet qui dépasse de sa poche.

Raymond, Lilly, Hélène et le chien boiteux longent la rivière, sur un sentier escarpé, *le chemin des amoureux*, bordé de ronces et de hautes fougères. En quelques mètres, ils passent d'un monde à l'autre. Le paysage, d'abord étouffant, cerné par les talus, s'ouvre tout à coup sur l'horizon. Après une heure de marche, il n'y a plus de chemin, ils grimpent un peu au hasard dans un labyrinthe de rochers. Le passage est parfois si étroit qu'ils avancent en file indienne, collés à la roche. Lilly, toute menue, se déplace facilement et les autres essaient de la suivre. Raymond s'extasie du vent bruissant dans les arbres, comme une symphonie, dit-il, et des nuages qui filent à toute allure dans le ciel, comme si le soleil les poursuivait. Hélène sourit à chacune de ses envolées, et il sourit de plus belle. Un lièvre, étonné de cette présence humaine, surgit des fourrés, s'immobilise un instant, les observe, puis disparaît dans la bruyère, poursuivi par le chien boiteux. Essoufflée, la troupe arrive en haut de la cascade et écoute en silence son grondement, comme un cri étouffé. Le terrain est glissant, un faux pas et le torrent les emporte. Lilly comprend le danger et se blottit contre son père. Les nuages noirs s'amoncellent au-dessus de leurs têtes. « On rentre à la maison ? » demande-t-elle.

Hélène se rend compte qu'elle connaît cette forêt par cœur et pas du tout. D'ordinaire, refuge familier, aujourd'hui, elle est une énigme. Les rochers l'oppressent, les hêtres et les pins sylvestres les observent, attendant le dénouement de l'histoire, comme le chœur d'une tragédie grecque.

— Tu connais la légende de Dahud ? lui demande Raymond, en s'essuyant le front.

— Dites voir votre version ?

— Tous les soirs, Dahud, fille du roi Gradlon, faisait jeter son amant du jour du haut de la falaise après une nuit de débauche. Le grondement de la cascade serait le râle des amants dont l'âme est restée prisonnière sous la roche, récite Raymond qui a bien appris son Guide du routard.

Hélène pense à Yannick, qu'elle n'arrive pas à quitter :

— Je la comprends, Dahud. Balancer ses amants dans le vide, c'est un bon moyen de se débarrasser des types un peu trop collants, soupire Hélène.

Enivrée par le fracas du torrent et le vide sous leurs pieds, elle lui demande :

— Est-ce que vous souffrez de la solitude quand vous écrivez ?

Il s'immobilise un instant, puis :

— Non, quand je fabrique mes histoires, je ne me sens jamais seul, je suis avec mes personnages, je dois m'en occuper. La solitude, je l'éprouve parmi les autres, les hommes en particulier, avec leur vanité, leur grossièreté.

— De quoi parle votre prochain roman ?

Son visage se crispe tout à coup.

— Tu veux la vérité ? Je ne sais pas vraiment, je n'ai pas écrit grand-chose de valable.

Silence pesant, puis :

— D'habitude, je pars d'une situation banale. Par exemple, mon héros rentre d'un week-end en Corse, mais une tempête le bloque à l'aéroport. Tout à coup surgit un couple élégant, sans âge. Le commissaire est saisi par la beauté de la femme. Il ne la quitte pas des yeux et, en s'approchant, constate qu'elle est toute pâle et semble effrayée. Et hop, mon esprit s'emballe et mon roman démarre. Mais cette année, j'ai bien des idées de personnages, de développement, mais je ne sais pas par où commencer. Je crois que je suis fatigué d'inventer des histoires, je ferais mieux de raconter ce qui se passe vraiment, ici, par exemple.

Il s'assoit sur une pierre, et reprend :

— La vérité, c'est que plus je vis ici, moins j'ai envie d'écrire. La vie y est plus intéressante que la fiction, pas besoin d'inventer, d'imaginer, de tricher.

— Mais vous faites quoi, enfermé dans votre bureau, tous ces après-midi où je suis avec Lilly ?

— Je lis beaucoup, parfois je vous observe, occupées à inventer des histoires et à grimper aux arbres. Spectacle bien plus fascinant que les aventures de mon flic dépressif.

Les mots de Raymond la troublent, l'intimident et l'excitent aussi. Pourquoi lui dire ce genre de choses tout en la traitant comme une gamine ?

La descente est pénible, le chien respire à grand bruit, boite de plus en plus fort. Cette randonnée, c'est trop pour lui. À intervalles réguliers, il s'arrête dans la mousse pour souffler, Lilly le tire doucement, et il repart jusqu'au prochain arrêt dix mètres plus bas. Attendri, Raymond le soulève et le prend dans ses bras, Hélène l'aide à l'installer en bandoulière dans son foulard, il pose son museau sur son épaule et, ainsi harnachés, l'homme et la bête descendent le long du chemin, bercés par le concert de la cascade.

Quand ils rentrent, à l'heure du goûter, la femme de ménage les attend sur le palier, l'air affolée.

— Mademoiselle, vite, votre mère a appelé plusieurs fois.

Sa mère n'appelle jamais ici, c'est mauvais signe.

— Elle vous attend à l'hôpital. Votre père s'est démis l'épaule en tombant.

Hélène fond en larmes, son père, ce héros qui la protégeait de tout, n'est plus qu'un pantin désarticulé incapable de marcher tout seul.

Raymond reste planté devant elle et lui sourit doucement.

— Je suis désolé, j'ai tout entendu. Viens, je t'emmène à l'hôpital, Lilly, tu viens avec nous.

Hélène se laisse porter par la voix de Raymond. Il conduit vite, avec adresse et assurance. Quand il se gare devant l'hôpital, il n'ose pas la regarder. Hélène ne veut pas rompre le silence, ce serait comme éteindre une flamme, elle ne veut pas sortir, tant qu'elle respire le même air que lui, dans cet espace clos, le malheur n'existe pas. Lilly reste muette aussi. À dix ans, elle sait déjà reconnaître le pas feutré de la détresse.

Hélène voudrait qu'il l'emmène loin d'ici, loin de la forêt et des roches de granite, loin de la maladie. Qu'il lui montre ces endroits au nom magique, Paris, le Quartier latin, la Sorbonne.

— Allez file, ils t'attendent.

Elle descend de la voiture, le cœur lourd et sans force.

Les visites sont interdites après 17 heures, mais les infirmières la laissent passer. Dans leurs yeux, elle lit la compassion, pauvre enfant, elle est bien jeune pour affronter une telle épreuve.

Devant la chambre de son père, elle lutte en vain pour ne pas pleurer. Elle ne sait si elle pleure son père alité derrière la porte, ou Raymond, reparti dans son manoir.

Elle s'assoit à côté du lit. Son père lui sourit faiblement. Une perfusion coule dans ses veines. Elle lui raconte la vie chez Raymond et Marguerite : le jardin fleuri avec l'énorme rocher posé au milieu, le chien à trois pattes et demie, les acrobaties de Lilly dans le vieux platane. Elle serre fort sa main dans la sienne, il ne parle pas, mais à son regard elle sait qu'il est attentif. Regard curieux, concentré, comme un enfant qui écoute un sorcier. Ses histoires semblent receler une signification qu'il est le seul à comprendre. D'une voix faible, il lui dit :

— Fais attention aux gens du coin. Ils t'observent, ils parlent.

Elle serre sa main encore plus fort et lui sourit :

— T'inquiète pas, Papa.

Il lui a toujours dit : *les balivernes des gens du coin on s'en contrefiche, garde la tête haute dans leur monde étroit, fais la girafe devant les chacals*.

Lorsque sa respiration devient plus régulière, elle compte jusqu'à soixante et quitte la chambre sur la pointe des pieds. Elle sent qu'il se balance sur un fil entre la vie et la mort et que, à tout moment, il peut tomber de l'autre côté.

Quand tout va bien, on ne fait pas attention au battement d'une paupière, à la chaleur d'une main. On ne se rend pas compte qu'on est vivant et que c'est un miracle. Quand on guette la mort, on s'accroche à chaque poussière de vie, chaque seconde gagnée. Dans la maladie, on fusionne avec celui qui s'en va. Comme une mère avec son nouveau-né. L'attente de la mort dévoile la meilleure part de nous. Plus de mesquineries ni de disputes, tout est remis à plus tard ou à jamais. On vit dans un monde clos, suspendu, avec l'attente comme seul horizon.

Quand elle quitte la chambre, elle tombe nez à nez avec sa sœur Françoise, essoufflée, les joues en feu : « Tu sais que Yannick vient d'être arrêté ? »

Cœur de granite

Le jour suivant, quand Marguerite ouvre les yeux, c'est l'image de Yannick qui apparaît, ses lèvres ourlées, dessinées pour les baisers, son corps fin et musclé. Soudain, elle pense à Madame Bovary. Quand elle était jeune et pleine de certitudes, elle se moquait de sa vision idéalisée de l'amour, de ses rêveries érotiques qui enjolivaient la médiocre banalité de ses journées. Mais aujourd'hui, Madame Bovary, c'est elle. Quelle folie ! Elle doit se ressaisir. Heureusement, elle a un grand projet, qu'elle va présenter aujourd'hui à Raymond. Elle a rendez-vous avec l'architecte à l'école des filles.

Quelques heures plus tard, Raymond et Lilly déambulent dans l'école de salle en salle, attentifs aux explications de Marguerite flanquée de Jacques-Henri et d'un monsieur venu spécialement de Quimper.

— Les classes deviendront des salles d'exposition, dit-elle en faisant de grands gestes. Dans le dortoir à l'étage, on logera les artistes de passage, le bureau de la directrice, ce sera la bibliothèque, et, dans le réfectoire, un restaurant pour les touristes. Quant au préau, il sera parfait pour abriter les conférences d'écrivains.

Raymond prend son temps, s'arrête longuement dans chaque pièce, séduit par la magie de la bâtisse.

— Je crois à la mémoire des lieux, poursuit Marguerite. Ici, des générations de filles ont été élevées, éduquées. Nous allons poursuivre ce travail : l'hiver, notre école accueillera en résidence les artistes du monde entier, et l'été, des rencontres d'écrivains.

— Et une galerie d'art contemporain, renchérit Jacques-Henri. Dans la région, on doit prendre le train pour voir une œuvre d'art. L'idée, c'est que les artistes viennent à la Bretagne.

— Vous avez tout manigancé, dit Raymond au jeune homme avec un clin d'œil.

Il semble heureux et fier que Marguerite se lance dans ce projet. Elle se sent comme une gamine qui a réussi une bonne blague.

Lilly slalome de salle en salle sur ses patins à roulettes, déjà chez elle dans le futur palais de sa mère.

L'architecte paraît éberlué par l'ampleur des travaux, il semble penser que Marguerite est totalement dingue mais ne moufte pas. Muet pendant la visite, il finit par demander :

— Voulez-vous ouvrir l'école sur l'extérieur ou bien garder ses hauts murs ? Aujourd'hui, la mode est plutôt aux façades vitrées. Le bâtiment tourne le dos à la forêt, c'est dommage, que pensez-vous de revoir la circulation, d'ouvrir sur le chaos rocheux ? Cela allégerait l'ambiance qui est, tout de même, comment dire… carcérale.

Elle n'a pas le temps de répondre qu'un homme au visage écarlate se présente devant eux.

— Monsieur le maire, s'exclame Marguerite, venez, nous allons trinquer à la réhabilitation de l'école des filles !

Regardant ses pieds, l'édile marmonne :

— C'est que l'école, elle est plus à vendre, pardi. Un promoteur de maisons de retraite l'a achetée. Mais de la maison de retraite haut de gamme, hein, faut pas croire. Désolé, mais vot'projet, ça sera pas possib'.

Et il déguerpit sans un mot. Pâle comme un éclair, Jacques-Henri s'adosse à un tilleul.

Plus tard dans la journée, Marguerite rend visite au jeune homme. Après plusieurs coups à sa porte, il finit par sortir, un gros rouleau de scotch à la main, le visage fermé. Elle va parler au maire, tout va s'arranger. Une maison de retraite, n'ont-ils pas d'autre rêve pour leur village ? Un mouroir dans ce patelin mourant ?

— Je vais convaincre le maire que c'est d'art et de jeunesse dont ils ont besoin.

— Pas la peine. Vous n'y arriverez pas. Qu'ils transforment l'école des filles en maison de vieux, comme ça, la boucle est bouclée, qu'ils crèvent tous, je m'en fous. Je fais mes cartons, marre de ce trou de cons, je rentre à Quimper.

Protéger les siens

L'accueil de la maison d'arrêt de Brest sent l'urine et le désespoir. Dans le couloir qui mène au parloir, des cris et de longs râles résonnent à intervalles réguliers.

Odette, assise sur une chaise en plastique, attend l'arrivée de son filleul, visage fermé, mains serrées sur son sac à main. Elle porte son tailleur bleu marine en velours, son chapeau du dimanche, et ses chaussures vernies qui lui cisaillent les pieds. Dans son sac, le gâteau préféré de Yannick, un fondant au caramel et au beurre salé, des vêtements neufs achetés dans la boutique la plus chère de la rue de Siam à Brest, et une épaisse liasse de billets de cinq cents francs. Des fois que ça permettrait de le sortir du trou.

Depuis l'arrestation de Yannick, elle se sent comme réveillée d'un long sommeil. L'épicerie confiée à une voisine, Odette passe ses journées penchée sur sa table de cuisine à éplucher les décisions de justice rendues contre les militants bretons. Auprès du notaire, elle a récupéré le numéro d'un avocat de Châteaulin, qui défend les nationalistes. Elle est prête à dépenser jusqu'à sa dernière pièce pour le sortir de là, à jeter toutes ses forces dans ce combat. Sa vie à elle n'a été qu'un long calvaire insignifiant, celle de Yannick sera grandiose.

Quand enfin il surgit devant elle, cheveux gras, visage blanc comme un œuf épluché, elle sent son ventre se tordre et une douleur remplir sa poitrine. Toute sa vie, elle a encaissé les injustices, mais celle que subit son Yannig, sa fierté, son unique famille, elle ne peut la supporter. Ce n'est ni la déception ni la tristesse qui soulèvent son cœur, mais un sentiment parfait et définitif de haine à l'égard de ceux qui ont osé envoyer le jeune homme au cachot.

Elle s'est promis de ne pas pleurer quand il serait devant elle, alors elle se concentre pour garder les yeux secs, comme elle le faisait souvent durant ses années de bonne à Paris.

— Bonjour Marraine, dit Yannick qui, lui, ne retient pas ses larmes.

— Ils te donnent à manger, au moins ? Tu es tout pâle.

— Oui, Marraine, y a pas à se plaindre pour ça.

— Et tu dors bien toujours ?

— Oui, Marraine. Y a pas à se plaindre.

— On va te sortir de là, mon garçon, mais tu dois tout m'expliquer, chuchote-t-elle à travers la vitre en Plexiglas.

Alors Yannick lui raconte ce qu'il a déjà dit à la police, la fierté d'être dépositaire d'une culture oubliée, la responsabilité de sauver la patrie opprimée, la découverte de l'Organisation.

— Je pense souvent à ton père, le docteur Bozec, à ce qu'il a fait pour la Bretagne, à sa volonté de résister à l'occupant. J'aurais voulu lui ressembler, j'aurais voulu être un héros.

Il s'interrompt, semble hésiter un instant, puis :

— Je crois que je me suis fait avoir comme un bleu par cette maudite femme.

— Hop hop hop, pas si vite, qui donc, mon garçon ?

— La prof de français. Marguerite Renaud. Elle est à fond contre les Bretons, contre notre langue. Elle m'a dit qu'on était des nazis, nous, les autonomistes.

Pendant son récit, le visage de la vieille femme alterne entre surprise et fureur.

— J'suis sûr qu'c'est elle qui m'a dénoncé, j'vois personne d'autre faire ça au village.

Odette reste un long moment silencieuse, concentrée, inaccessible. Elle pensait avoir débarrassé le village de cette dangereuse étrangère en ordonnant au maire de ne pas lui vendre l'école des filles, où toutes les anciennes ont appris à lire et à écrire. Mais elle avait tardé à agir et la scélérate avait eu le temps d'allumer l'incendie.

— T'as rien à te reprocher, mon garçon, c'est toi, la victime, laisse-moi régler ça, conclut la veuve Tanguy en écrasant une mouche contre la paroi d'un geste sec.

Elle lui tend son gâteau et le grand paquet d'habits neufs.

— La semaine prochaine tu sors, on boira un coup pour fêter ça.

Plus tard, Odette se rend à pied, sous un ciel noir de promesse d'orage, au Moulin de la Vierge, chez Alexine. Les deux vieilles veillent tard dans la nuit.

Et c'est là que l'Histoire poursuit son lent déraillement.

Les secrets

Guettant l'arrivée de l'écrivain célèbre et de sa femme, le capitaine de gendarmerie soupire. Une drôle d'affaire, décidément. Il avait été surpris de recevoir quelques jours plus tôt, de si bon matin, la visite du pharmacien, l'homme le plus paisible du village. Sûrement un vol de médicaments, avait-il d'abord imaginé. Mais non, le père Cariou, petit homme sec aux paupières gonflées derrière ses fines lunettes, était venu lui avouer, la voix brisée, que son fils unique, Yannick, avait fait une bêtise. Une grosse bêtise, en rapport avec l'explosion de la grotte, qui était peut-être un peu de sa faute à lui et en annonçait d'autres, alors il fallait l'arrêter avant que les choses ne tournent mal.

Quels étranges spécimens, ces habitants du coin, avait songé le capitaine. Il peut pas tout simplement lui mettre une rouste, à son fiston, s'il a fait une bêtise, et lui faire passer l'envie de recommencer ? Son expérience lui a appris à se méfier des dénonciations intrafamiliales, il en a vu, des épouses délaissées accusant leur mari de maltraitance, des enfants exagérant la sénilité de leurs parents pour les faire enfermer, des belles-mères jalouses faisant chanter leur bru. Mais un notable qui dénonçait son propre fils, il ne l'avait encore jamais vu.

Le père Cariou lui avait indiqué la remise derrière la pharmacie. Alors les enquêteurs avaient fouillé et rapidement mis la main sur un arsenal d'apprentis terroristes : détonateurs, cagoules noires, manuels de guérilla, et tracts appelant à *chasser l'occupant français qui depuis des siècles nous ruine et nous spolie*. Punaisées au mur, légendées en breton, des photos des ennemis du peuple celte : le recteur d'académie, le préfet, le directeur de l'EDF, celui du McDo de Rennes et, au bout de la chaîne, Raymond.

Fanch, Denez et Yannick avaient été arrêtés.

D'abord ils avaient nié, puis, devant l'accumulation de preuves, peu avant la fin des vingt-quatre heures de la garde à vue, ils avaient craqué et tout déballé. Le marché était clair. S'ils avouaient, la police voudrait bien admettre le caractère accidentel de l'explosion, causée par le feu des grillades. D'ailleurs, elle ne pouvait guère être meurtrière car les rochers entourant la charge dirigeaient son souffle vers le ciel. Possession et transport d'explosifs, ça n'irait pas chercher bien loin.

— Mais si vous n'avouez pas, avait lâché l'inspecteur, c'est les assises. Attentat terroriste, c'est plus la même chanson...

Arrive le couple qu'il fait asseoir dans son minuscule bureau.

— Vous êtes des cibles, il faut être prudents, a-t-il précisé au téléphone, ça ne plaisante plus là, c'est un miracle qu'il n'y ait pas eu de mort au mariage, c'était vous que l'on visait, a-t-il menti pour qu'ils le prennent au sérieux.

Il est flatté d'avoir une célébrité dans son bureau. Et un peu stressé aussi. S'il arrivait quelque chose à l'écrivain célèbre ou à sa femme, déjà rescapés d'un attentat dans un mariage, ça ruinerait sa carrière.

Ont-ils reçu des menaces ? Repéré un comportement suspect ? Eu l'impression d'être suivis ? Marguerite fait non de la tête.

— Il y a bien eu quelques frictions ici ou là à notre arrivée, mais c'est du passé.

L'écrivain célèbre reste en retrait, laissant sa femme manœuvrer le fonctionnaire de police.

— Le fils Cariou a bien dîné chez vous il y a quelques jours ?

— Oui, c'est le copain de notre baby-sitter, un garçon charmant, pas un meurtrier, si vous voulez mon avis, pas violent. Un garçon exalté, oui, un peu excessif, comme le sont les adolescents, mais pas un terroriste. Je ne comprends pas.

— Pas violent, quelqu'un qui punaise la photo de votre mari à côté de celle du préfet et cache des explosifs dans la forêt ? Je vous trouve bien indulgente. Au moindre signal suspect, appelez-moi.

Le gendarme les regarde partir, il sait bien que ces deux-là n'ont pas livré tous leurs secrets. Pourquoi cette femme couvre-t-elle le principal suspect ? Pourquoi son mari ne dit-il rien ? Quelque chose lui échappe. Surtout, il sent rôder le danger autour de ce couple trop voyant, trop célèbre, trop différent des gens d'ici. Ça ne peut que mal se passer.

En sortant de la gendarmerie, Raymond et Marguerite marchent en silence puis, dans la voiture, Raymond s'interroge :

— Qu'est-ce qu'on fait, maintenant ?

— Tu sembles si heureux ici…

— Je l'étais, mais c'était une illusion. C'est toi qui avais raison, pardonne-moi, ces gens sont cinglés, envieux, haineux.

— Et moi, je ne trouverai pas ma mère ici. J'imaginais tomber nez à nez avec elle à la poste ou à l'épicerie, qu'on se reconnaîtrait d'un coup d'œil, et qu'on tomberait dans les bras l'une de l'autre. Quelles foutaises ! Les gens d'ici ne veulent pas de nous. J'espérais les amadouer avec le temps ou bien m'imposer en étant aussi têtue qu'eux, mais j'ai échoué. Partout où je passe, je ne rencontre que silences butés et regards hostiles. Et même quand je veux faire quelque chose de bien pour eux, le maire trouve le moyen de m'en empêcher. On rentre à Paris ?

— Oui.

Long silence complice, Marguerite pose sa tête sur l'épaule de Raymond, il y a bien longtemps qu'ils n'ont pas connu une telle intimité, elle ferme les yeux, la caresse de ses mains dans ses cheveux est d'une douceur infinie. À Paris, ils commenceront une nouvelle vie. Mais pour l'instant, elle se laisse bercer par ses caresses.

La Lune et la Terre

Quand le père d'Hélène sort de l'hôpital, il n'est plus le même, la pieuvre a encore grandi. Chaque mot est un effort, il ne parle presque plus et reste de longues heures immobile dans son fauteuil, à regarder le ciel et dériver doucement, toujours un peu plus loin des siens.

Parfois, ils jouent à la belote tous les quatre. Hélène fait équipe avec lui. Elle choisit de prendre à carreau, son père a le valet, la carte maîtresse, mais il joue à pique, il ne semble plus comprendre les règles de ce jeu auquel ils ont joué mille fois. Il sourit, perplexe, elle voit bien qu'il est désolé. Ils continuent de jouer, juste pour que tout reste comme avant.

Il ne tient plus debout seul, essaie quand même, sa volonté veut marcher, mais ses jambes s'y refusent. Une nuit, Hélène entend un choc sur le plancher au-dessus d'elle, la chute du corps de son père.

Elle l'aide à se promener quelques minutes devant la maison, il tire sur sa jambe comme un blessé de guerre, elle sent sa démarche hésitante, il lui dit qu'il voit flou. On va changer tes verres, elle répond, comme si c'était un problème de lunettes.

Un jour après le déjeuner, dans le jardin, il s'appuie contre un arbre et urine sur le tronc. La mère et les filles se regardent, gênées, avant de passer à autre chose.

Pour les quinze ans de Françoise, elles commandent de nouveau un gâteau sans sucre, font semblant de le trouver délicieux, se forcent à manger, soufflent les bougies puis applaudissent, alors que l'effondrement de leur petit monde est en marche.

La nuit qui suit l'arrestation de Yannick, Hélène fait un rêve étrange. À l'hôpital, allongée sur un lit de camp à côté de son père, elle guette sa respiration, quand un ronronnement de moteur familier l'arrache du sommeil. Elle se lève d'un bond, embrasse son père sur le front, et grimpe dans le Cherokee blanc qui l'attend sur le parking. À côté de Raymond, elle roule droit devant, face au soleil rouge du matin. Peu importe vers où, elle tourne le dos à la Bretagne, à la peur et à la mort. Elle entend les mots de Marguerite, *le destin des filles, c'est de partir.* Son heure est arrivée, elle fixe la ligne d'horizon, le cœur léger.

Elle se réveille, frissonnante. Et c'est l'image de Yannick qui lui apparaît, Yannick menotté, embarqué dans un fourgon entre deux gendarmes.

À l'annonce de son arrestation, elle a ressenti un soulagement et même une forme de délivrance. Yannick devenait agressif, obsessionnel, de plus en plus menaçant à l'égard de Marguerite et de Raymond. Incapable de lui dire qu'elle ne l'épouserait jamais, que ses projets d'avenir ne la concernaient pas, elle repoussait la confrontation, la scène de rupture. En l'arrêtant, la police a fait le boulot à sa place.

Le lundi suivant, elle se rend au manoir plus tôt que d'habitude, elle voudrait les voir tous les deux, leur dire qu'elle est de leur côté, que malgré ces haines absurdes et cette violence, leur place est parmi eux. La jeep est bien là, mais Marguerite a déjà quitté la maison.

Il y a quelque chose de changé chez Raymond. D'ordinaire étranger à la vie domestique, il prépare le café, verse des croquettes dans le bol du chien, remplit le lave-vaisselle, elle le voit pour la première fois accomplir des gestes quotidiens, familiers. Il lui tend une tasse de café en souriant, puis lance :

— Les filles, Marguerite nous a laissé la voiture, je vous emmène voir l'océan.

Lors de leur balade à la cascade, Hélène avait dit à Raymond qu'elle n'allait presque jamais à la plage, *c'est loin, la mer, au moins quarante kilomètres. Et ici on est plutôt forêt.*

Lilly saute dans les bras de son père et applaudit.

— C'est grâce à Hélène. Quand elle est là, tu passes plus de temps avec moi.

Raymond sourit d'un air gêné :

— Un peu d'air marin nous fera du bien à tous.

Hélène, troublée, lui tourne le dos et débarrasse la table du déjeuner. Il consulte sa montre. Il faut partir vite, dit-il, la mer sera haute dans deux heures.

Quelque chose a changé en lui. Quelque chose d'infinitésimal, une détermination nouvelle dans les gestes, une urgence qui dit le temps presse, allons à l'essentiel sans nous perdre en chemin.

Dans la voiture, direction l'océan, ils restent silencieux, comme suspendus à l'heure de la marée.

— Je vais vous montrer la côte des Naufrageurs, lâche Raymond. On l'appelle ainsi car les paysans du coin accrochaient des lanternes aux vaches pour tromper les bateaux qui venaient s'échouer sur la plage ou les rochers, afin de piller leurs marchandises. Ils égorgeaient aussi l'équipage, mais ça, le dépliant de l'office du tourisme ne le dit pas.

Arrivés au parking, ils descendent par un chemin abrupt sur la longue plage de Brignogan, parsemée d'immenses blocs de granite.

Hélène demande à Raymond à quoi ressemble la Méditerranée.

— C'est comme un grand lac qui reste toujours à sa place. Le contraire de l'océan qui, lui, n'est jamais le même. Ici, la marée est toute-puissante. Elle tire les nuages et les repousse, dépose les bateaux sur le sable et les remet à flot.

La jeune femme pense à son grand-père docker qui vécut grâce à l'océan sans jamais s'en émerveiller, qui ne voyait que labeur, profit et marchandise dans chaque bateau qui s'arrêtait.

Raymond enlève sans la moindre gêne ses vêtements et, dos tourné, enfile un short de bain. Il ne semble pas embarrassé par son corps maigre et pâle, un corps de Parisien, comme sorti de l'adolescence. Lilly enfile un maillot à volants avec le même naturel.

Hélène envie leur décontraction et reste habillée, trop consciente du corps de Raymond près du sien, de sa peau, elle entend la musique de son rire, grave et chaude à la fois. Elle voudrait être l'air qu'il respire, la chanson qu'il fredonne, le galet qu'il malaxe, elle voudrait se dissoudre en lui.

Sur l'immense plage déserte, ils construisent un château de sable puis une digue contre les vagues qui le menacent. En guise d'oriflammes, ils plantent au sommet des tourelles des bouts de bois surmontés de filaments d'algue. Pelles à la main, Raymond et Lilly creusent avec détermination, comme si leur muraille avait une chance de résister à la marée montante. Comme si, après le jour, il n'y avait pas la nuit, après l'automne, l'hiver, après la vie, le néant.

Hélène s'allonge sur le sable et ferme les yeux. Si la marée épargne le château, Dieu sauvera son père.

Elle s'endort. Le cri d'une mouette la réveille. Lilly et Raymond sont assis, ils contemplent le spectacle des vagues qui emportent le château, morceau après morceau, se retirent puis reviennent.

— Qu'est-ce qui explique les marées, demande Lilly ?

— C'est une danse entre la Lune et la Terre. Les deux astres s'attirent, se frôlent. La Lune attire la Terre, c'est l'attraction, ça ne peut pas faire bouger le sol mais ça suffit à déplacer d'énormes masses d'eau car, tu vois, l'eau, ça ne demande qu'à bouger. C'est un peu comme la parole, ça ne fait pas bouger ton corps, mais ça modifie tes pensées, ton humeur. C'est ça, la marée, je ne connais pas de spectacle plus incroyable, conclut Raymond en fixant la ligne d'horizon.

Au loin, la mer et le ciel se mélangent, formant une traînée de poudre. Des dizaines de petits nuages bas s'agglutinent au-dessus de leurs têtes, comme un troupeau de moutons, masquant soudain le soleil. Un froid glacial tombe sur la plage, Hélène claque des dents, Raymond pose son chandail sur ses épaules.

Sur la route du retour, Hélène apprend à Raymond et à Lilly les quelques chansons bretonnes qu'elle connaît, ils chantent à tue-tête en massacrant les paroles, ils rient, elle leur donne quelques trucs pour choper l'accent breton. D'abord, le t final n'existe pas, on va à Bress, pas à Brest. Le u n'existe pas non plus, on prend le *beus* pas le « bus ». On ne prononce jamais les dernières lettres, *cuiçi c'est un incapab'*. On finit toutes ses phrases négatives par toujours : *j'en sais rien toujours, j'irai pas la voir toujours.* Dans la forme passive, on emploie la préposition « avec ». *J'ai été mordue avec le chien, elle a eu des misères avec ses dents.* Elle leur dit d'accentuer l'avant-dernière syllabe, ils s'entraînent et rient de plus belle. L'espace d'un instant, la joie revient.

Quand Raymond dépose Hélène devant chez elle, Lilly, assommée par l'air de la plage, s'est endormie depuis longtemps. Raymond prend la main d'Hélène et la serre fort, ils restent là un moment sans bouger, elle sent le feu chauffer son ventre.

— Hélène, nous rentrons à Paris à la fin du mois.

Incrédule, elle se tourne vers lui, croit voir une larme couler sur son profil immobile.

Elle dégage sa main de la sienne et quitte la voiture sans un mot sans refermer la portière. Son père va mourir, et Raymond s'en va. Sa vie vole en éclats, l'impression qu'on lui retire le sol sous ses pieds et l'air de ses poumons.

Elle retrouve sa mère assise auprès du malade endormi et s'agenouille à ses pieds, comme elle le faisait enfant. Concentrée sur la respiration lente et régulière de son père, elle parvient à chasser la pensée de Raymond mais, à la moindre occasion, celle-ci se faufile et volette dans sa tête.

La grotte du Diable

Le jour de la sainte Rose, Marguerite se lève à l'aube et ouvre ses fenêtres pour embrasser l'air du matin dans le parc du manoir. Depuis sa décision de rentrer à Paris, ragaillardie, elle n'a plus ces lourdes chaînes aux pieds quand elle se réveille. Dans quelle direction me porte le vent ? Quelle voix m'appelle ? Où me mène mon désir ? Elle songe à l'infini des possibles devant elle. Maintenant qu'elle s'apprête à le quitter, le vieux manoir lui manque déjà, avec le grincement de ses lourdes portes, les craquements de son plancher, ses odeurs de cire et de poussière. La forêt aussi va lui manquer, jamais la même, tantôt hostile, tantôt enchanteresse.

Vers midi, un appel de la vieille Alexine la surprend, alors qu'elle emballe ses livres dans des cartons.

— Dame, on n'te voit plus par ici. Oukté passée ? Viens donc, j't'attends vers quatre heures pour le café.

Marguerite hésite, elle s'était jurée de finir les cartons aujourd'hui. Le départ approche, et ni Raymond ni Lilly ne s'en préoccupent. Mais le déménagement peut bien attendre un peu, une deuxième séance avec la Rebouteuse ne lui fera pas de mal.

En pédalant vers le Moulin de la Vierge, elle caresse l'idée folle qu'Alexine a soudain retrouvé la mémoire et la convoque pour lui parler de sa mère. Elle sait qu'elle va au-devant d'une nouvelle déception, mais c'est plus fort qu'elle, l'espoir, c'est comme les mauvaises herbes, on a beau les arracher, elles repoussent.

Elle trouve la vieille accroupie dans son potager, serrée dans son tablier noir et usé, arrachant à mains nues d'énormes laitues. À la vue du sachet de gros sel, elle proteste :

— Pardi, je peux pas t'libérer d'tes mauvais esprits aussi souvent, c'est pas un jeu, dame, c'est dangereux, j'risquerais d'les réveiller, d'les contrarier. On n'fait pas c'qu'on veut avec eux.

Elle semble agitée, nerveuse, le tablier sale, les cheveux défaits et la main tremblante en servant le café.

— Tu pourrais aller dans la forêt pour moi ? Ma jambe me tire encore un peu, j'ai plus assez de bruyères pour soigner mon beau-fils, le pauvre est de plus en plus skouiz avec son cancer.

— Bien sûr, elle se trouve où, cette bruyère ?

— Tu marches sans arrêt le long de la rivière jusqu'à la cascade du Diable. Au-dessus de la cascade, y a un chêne tricentenaire qui fait des miracles. Au pied de l'arbre, tu trouveras un tapis de bruyère rouge sang qu'on n'trouve pas ailleurs. C'est pas juste à côté mais, si tu pars mai'nant, tu s'ras r'venue avant la soirée.

Marguerite regarde le ciel.

— J'ai l'impression que l'orage arrive, non ?

— Non, dame, quand le vent vient du sud, l'orage arrive. Mais regarde, le vent vient de l'ouest. Pars main'ant, pour alors tu s'ras r'venue.

Elle a prononcé ces mots, qui n'appelaient ni réponse ni contestation, avant de retourner à ses laitues. Marguerite est étonnée mais heureuse de lui rendre service, elle l'a si bien soignée la dernière fois. C'est aussi sa dernière occasion de se perdre dans cette forêt magique, avant de quitter le coin à jamais. Et la bruyère rouge sang qui guérit le cancer, ça vaut bien quelques efforts.

Là voilà sur le sentier, chaussée de sandales d'été, vêtue d'une robe légère aux épaules nues. Elle entend le crissement des feuilles, le bruissement du vent dans les arbres, le grondement du torrent qui zigzague entre les rochers. Au loin, les vocalises de l'alouette. La végétation, d'un vert insolent, lui rappelle les étés de son enfance solitaire, quand elle allait se perdre au bois de Boulogne, certaine de ne manquer à personne et de n'être pas grondée en retour. La terre, gorgée d'eau, repue comme après un festin, exhale un parfum de racines et de mousse fraîche.

Plus loin, des ronces lui lacèrent les pieds et les mollets, son cœur bat très fort, elle avance sans se retourner, guidée par le son de la cascade. Arrivée en haut d'une première butte, elle glisse et la dévale sur le dos. Rentrer les mains vides ? Elle n'ose pas, se relève et poursuit. Plus loin gît une voiturette abandonnée sur le toit, en contrebas d'un talus.

Après une heure de marche, la pluie la surprend. Alexine lui avait pourtant dit *aujourd'hui, le vent vient de l'ouest.* Elle accélère, allonge sa foulée. Elle n'a même pas pensé à prévenir Raymond et Lilly. À part la vieille, personne ne la sait ici. Si elle crie, qui l'entendra ? En quelques minutes, sa robe trempée et glacée lui colle à la peau, elle grelotte.

Elle cherche un abri, n'en trouve pas, les arbres dégoulinent, le sol s'est transformé en boue et les nuages noirs qui cachent le soleil la privent de tout repère. Doit-elle avancer ou reculer ? Elle pose son dos contre un rocher, espérant trouver de la force, mais il est glacé de pluie. Elle maudit la vieille Alexine et ses prévisions météo. Qu'est-ce qui lui a pris de croire à ses sornettes ?

Rebrousser chemin ? Elle grimpe une pente raide, glisse, s'étale dans la boue encore, sent ses forces l'abandonner. Elle ferme les yeux, sent un souffle chaud sur sa nuque. Est-ce une de ces sorcières dont parlent les contes d'ici ? L'Ankou, le passeur des morts, qui vient récolter sa moisson d'âmes ? L'attend-il tapi derrière un talus ?

Elle croit voir le grand chêne mais la forme s'éloigne. Depuis l'enfance, elle fait souvent ce cauchemar : à bord d'un train, elle veut descendre mais les portes se referment. À chaque arrêt, elle tente de sortir, chaque fois, elle échoue. Elle va vers un pays où jamais elle n'arrive.

L'autre monde est proche, il suffit d'ouvrir les yeux, disait Rimbaud. Elle ouvre les yeux, et, à la lueur d'un éclair, aperçoit enfin le chêne majestueux aux milles branches au-dessus d'elle. Saisie d'une énergie nouvelle, elle grimpe les derniers mètres, enlace le tronc du vieil arbre, hume l'écorce à pleins poumons. *Aucune forêt ne sent comme une autre forêt*, lui avait dit Hélène. Un grand calme l'envahit.

Marguerite a affronté seule ce sentier. Elle se sent emplie d'une détermination nouvelle et accepte son sort : elle ne trouvera jamais sa mère, doit se détacher de cette chimère. Parvenue sous l'orage à la grotte du Diable, elle saura poursuivre sa route seule et retrouver son chemin. De là-haut, elle aperçoit des masses de roches noires, éperons dressés qui surplombent la vallée. La vue est à couper le souffle, comme un balcon sur le monde. Elle arrache la bruyère à main nue, une vingtaine de pieds avec leurs racines, comme lui a dit la vieille. La pluie a cessé, aussitôt remplacée par un brouillard qui monte du sol, enveloppant comme un nuage. Vite, redescendre, Raymond va s'inquiéter. Pour gagner du temps, elle improvise un raccourci et file le long de la cascade, sautant de rocher en rocher. Le bruit du torrent est assourdissant, et le vent glacé lui fait tourner la tête. La descente est abrupte et la roche glissante. Un pas de travers et c'est la chute dans le torrent.

Le seul matin

Hélène n'a plus la force d'aller au manoir. À quoi bon, désormais ? Qu'ils se débrouillent. Elle appelle pour dire qu'elle ne vient pas, Lilly décroche et, entre deux sanglots :

— Maman a disparu. Hier soir, après la plage, elle n'était pas là, on l'a attendue toute la soirée et toute la nuit, elle n'est pas rentrée.

— Où est ton père ?

— Parti interroger les voisins.

— J'arrive.

Hélène pédale à toute vitesse, essaye de rester calme mais sent la panique l'envahir. Raymond l'attend devant la maison, l'orage d'hier a brisé une grande branche du platane qui pend comme un bras mort, donnant au jardin un air de désolation. Dans le regard de Raymond, Hélène aperçoit une couleur qu'elle connaît bien, déjà vue dans les yeux de sa mère à l'hôpital, la couleur de l'angoisse.

— J'ai appelé ses collègues, les hôpitaux du coin, la gendarmerie, je suis allé au bourg demander un peu partout, aucune trace, dit-il. Elle s'est volatilisée et son vélo aussi. Les gendarmes pensent à un kidnapping par les Bretons cinglés.

La sonnerie du téléphone retentit, Raymond se précipite, puis, déçu, passe le combiné à Hélène.

— Ta grand-mère.

— Mamie Alexine, c'est maman qui t'a donné le numéro ? Tout va bien ?

— Dame, non, tout va à dreuze, moutik, les papillons vont mourir.

— Quoi ?

— La température dans la serre, elle s'est mise à grimper d'un coup, je n'arrive pas à la refroidir. Tu verrais, les pauv' insectes, tout recroquevillés, ils étouffent.

Alexine lui parle de ses papillons alors que Marguerite a disparu, elle a envie de hurler qu'on s'en fout de ses bestioles, quand sa grand-mère lâche :

— Au fait, elle est passée me voir hier midi.

— Qui, elle ?

— Elle, pardi. Ta prof. Elle voulait savoir où qu'c'était la grotte du Diable, histoire d'y aller avec sa fille, je crois. Mais ce matin, son vélo, il est toujours là.

Ces mots glacent le sang d'Hélène. Le sentier de la grotte du Diable est le plus dangereux de la forêt, pleins de rochers glissants zigzaguant au-dessus du torrent.

— Mais Mamie, pourquoi l'as-tu envoyée là-bas ? En plus en plein orage ?

Silence puis :

— Ce n'est pas moi que c'est ! C'est Odette que c'est. C'était son idée. Une idée idiote !

Hélène raccroche, chancelle sur ses jambes, sent la peur planter ses crocs dans sa poitrine.

— Il faut envoyer les gendarmes à la grotte du Diable.

Le téléphone sonne de nouveau.

— Rentre vite, chuchote la mère d'Hélène, je suis à l'hôpital avec ton père, les médecins disent que c'est la fin.

C'est la fin. Hélène songe que les mots les plus simples suffisent à décrire les moments ultimes de l'existence.

Raymond appelle la gendarmerie, *on envoie immédiatement une patrouille*. Il fonce vers son 4 × 4 et démarre sans un mot.

Elle enfourche son vélo, direction l'hôpital. Sur la route, une averse s'abat. Elle les connaît par cœur, ces brèves pluies de la fin août, qui viennent doucher froid nos espérances, et nous ramènent à la réalité : la rentrée qui vient, l'automne pluvieux, l'hiver toujours interminable. Avec les jours qui raccourcissent revient l'angoisse, la boule au ventre. On se sent ridicule tout à coup d'avoir cru que cette année serait différente. L'été est fini, son père va mourir, Raymond s'en va et Marguerite a disparu.

Quand elle arrive devant son père immobile, les yeux clos, il est trop tard. La veille au soir, il a regardé *Les Temps modernes* avec sa femme à la télévision. À un moment, le personnage joué par Chaplin dit « *I must be going* ». Il a répété cette phrase plusieurs fois à haute voix. Avant sa dernière nuit.

En sortant de l'hôpital, elle tombe sur l'interne qui les avait accueillis le premier jour. « Voilà, c'est fini. Il se repose enfin », lui dit-il. On dirait qu'il est soulagé. Tout s'est déroulé comme écrit dans les livres, son père a d'abord perdu la tête, puis la mobilité, puis la parole, et sa vue s'est brouillée. Ses fonctions vitales se sont détériorées jusqu'à cette dernière fausse route dans la nuit, il est mort étouffé. Il n'y a pas eu de miracle, pas d'intervention divine, *contre la maladie, on ne peut rien*, avait prédit le Spécialiste aux yeux clairs. Les statistiques du *Grand Larousse de la santé* ont triomphé, le père d'Hélène va rejoindre le peuple des morts, l'armée de cadavres, le troupeau du cimetière communal derrière l'église.

Peut-être qu'il a enfin rencontré ce Seigneur qu'il aimait tant, peut-être qu'il a trouvé sa place auprès de lui. Peut-être pas.

Lors d'une de leurs promenades en forêt, l'été d'avant, il lui avait confié : *élever des enfants, c'est les aimer de toutes ses forces pour qu'un jour ils vous quittent. Un jour tu me quitteras.*

Tu n'auras pas peur car tu sauras que je t'ai aimée.

Mais Papa, c'est toi qui me quittes, et moi, je fais comment maintenant ?

On la trouvait étrange

Au matin, les pompiers repêchent un corps dans la rivière, en contrebas du village, coincé sous une grosse branche, un bouquet de bruyère ocre serré dans la main gauche. *Elle a dû tomber plus haut. Fractures du crâne assez nettes, le légiste nous en dira plus*, a lâché le capitaine quand Raymond est venu reconnaître le corps à la caserne. *Hier, la patrouille a trouvé ses traces de pas sur le chemin de la cascade. Elle a dû vouloir longer le ruisseau et elle aura glissé. Aucune autre empreinte, elle était seule.*

Le soir même, la gendarmerie convoque Alexine comme témoin, elle est la dernière à l'avoir vue vivante.

La vieille verse d'abord une larme, *une dame si gentille, si bien mise, j'ai pas les mots.* Les mots, elle finit par les trouver quand elle comprend que le lieutenant a quelque soupçon à son sujet : le vélo de Marguerite était appuyé près de sa porte…

— Pour qui était-elle allée cueillir de la bruyère ? D'après son mari, elle ne cueillait même pas les framboises de son jardin. De la bruyère, on n'en trouve pas près de votre maison, peut-être ?

Alexine admet que c'est elle qui le lui a demandé.

— Pourquoi l'avoir envoyée sur ce sentier dangereux juste avant l'orage ? Et ne me dites pas que vous ignoriez qu'il allait s'abattre, vous êtes d'ici oui ou non ?

Cernée par les questions du pandore, Alexine finit par admettre sa grande imprudence.

— Imprudence, vous appelez ça de l'imprudence, vous ? Moi j'appelle ça un homicide, conclut l'enquêteur. Et au minimum, mise en danger de la vie d'autrui ayant entraîné la mort, c'est ce que je vais transmettre au juge si vous ne m'aidez pas.

Alexine tremble de plus en plus. Le gendarme ressemble à un dragon cracheur de flammes. Elle a passé sa vie à soigner les autres et, aujourd'hui, on l'accuse d'homicide. Alors, elle craque :

— Moi, je veux pas faire de reuz, on juge pas, nous aut, pas nos affaires, mais y avait des bruits qui circulaient sur son compte. Le village tournait drôle avec elle. C'est Odette, la veuve Tanguy, qui a eu l'idée de la perdre dans les bois. Elle voulait lui donner une bonne leçon, à celle-là. Mais dame, on voulait pas la tuer !

Convoquée à son tour, la veuve Tanguy se montre plus directe.

— Cette femme, elle saquait le p'tit Yannig, un enfant du pays pardi, parce qu'il osait lui tenir tête. Elle disait pis que pendre des Bretons, alors elle l'a dénoncé pour l'envoyer en prison. Et puis, elle était à moitié droch, elle tournait pas rond. Elle se garait même sur les places pour handicapés. On n'a pas idée d'aller dans les bois sous l'orage, avec des sandales aux pieds. Connaissent pas les bottes à Paris ? C'était un accident voyons.

L'inspecteur interroge ses collègues du lycée, *on la trouvait étrange*, répètent-ils en chœur. *Elle en faisait trop, prêtait ses livres aux élèves, les invitait chez elle. Et elle accaparait tout le budget sortie pour les emmener au théâtre. Jusqu'à Quimper !*

Le juge met les deux vieilles femmes en examen puis, constatant la légèreté de l'accusation – il n'y avait pas eu contrainte – et l'absence de preuves, décide d'un non-lieu.

Les journaux du coin relatent ce fait divers, suicide ou accident, le débat agitera pendant quelques semaines les repas du dimanche. Avec le temps, le souvenir de Marguerite s'estompera, d'autres naissances et d'autres morts viendront l'engloutir comme la marée efface nos traces de pas sur le sable. Sa mort s'ajoutera à la longue liste des disparitions mystérieuses dans le bois profond.

La photo

Odette, seule dans sa cuisine, entend bien célébrer le retour du filleul prodigue, enfin relâché. Le juge a préféré passer l'éponge. Elle a invité Yannig et ses parents à déjeuner le lendemain. Elle époussette ses meubles en bois ciré et frotte son lino. Tout doit être parfait.

Essoufflée par l'effort, elle s'assoit et ouvre *Le Télégramme* du jour. Son regard est attiré par une photo en noir et blanc qui lui semble familière. Elle va chercher sa loupe dans le tiroir à couverts, observe de près cette jeune fille frêle et chétive qui sourit à l'objectif, entourée de jeunes gens de son âge, devant une enseigne sur laquelle est inscrit « Bretons de Saint-Denis ». D'un bond, elle monte au grenier et sort d'un carton la boîte en fer qui enferme ses souvenirs de Paris. Dont l'article de *France Soir*, jauni mais intact, avec sa photo.

Sapristi, c'est bien la même photo, c'est elle ! Un hommage à ces Bretons partis à Paris ? On aurait pu lui demander son accord, quand même, avant de publier ça.

Et puis elle lit le titre de l'article et son cœur s'arrête. *Marguerite Renaud, une vie à chercher sa mère.*

L'article est un hommage à Marguerite, que le village a enterrée la veille. *Abandonnée à la naissance, adoptée et élevée par une famille bourgeoise de Paris, arrivée en Bretagne à l'automne sur les traces de sa mère, elle n'aura pas eu le temps de la retrouver.*

Les mains d'Odette tremblent. Il y a erreur sur la personne, malentendu. Sa fille à elle est morte depuis cinquante ans, elle revoit distinctement l'accoucheur aux gros sourcils penché sur elle, son air gêné de porteur de mauvaise nouvelle. Une rafale de questions la frappe au cœur : pourquoi n'avait-elle pas pu voir le corps de sa fille ? Comment un bébé rose et potelé avait-il pu décéder en quelques heures ? Pourquoi sa patronne lui avait-elle laissé une telle somme d'argent à la sortie de la clinique ? Le prix de son enfant ?

Toute sa vie, elle avait attendu un signal de sa fille depuis l'au-delà, jamais elle n'avait songé à la chercher ici-bas. Et finalement, c'est elle qui l'avait tuée.

Elle était passée à côté de sa fille, et de sa vie.

Un chagrin insoutenable la tenaille. *Jamais je ne t'ai abandonnée pardi*, sanglote-t-elle d'une voix étouffée en laissant ses larmes pleuvoir sur l'article.

Le départ

Une semaine après les funérailles, pour la première fois de sa vie, Hélène monte seule dans le train direction Paris.

En rentrant des deux enterrements, elle a trouvé la lettre du lycée parisien, tapée à la machine. Cette lettre comme un passage secret vers un autre monde, vierge de honte et de chagrin.

Chère mademoiselle Kerity,

À la suite d'un désistement, nous avons le plaisir de vous informer que vous êtes admise en terminale L dans notre établissement à la rentrée. Merci de vous présenter le 3 septembre au 23, rue Clovis pour une visite guidée du lycée avec M. Rivière, notre principal adjoint.

Sur la lettre, un Post-it manuscrit indiquait : *Vous pouvez remercier votre bonne fée, notre éminente consœur de l'université, Marguerite Renaud, pour sa très belle lettre de recommandation à votre sujet.*

Marguerite avait rempli le dossier d'Hélène et usé de son influence pour la faire admettre dans le meilleur lycée de France. Sans le lui dire. Elle savait que, si elle lui en avait parlé, elle aurait refusé, pas question de quitter son père, la forêt, le village.

Dans le TGV qui l'emmène loin des siens, elle remâche la sentence du capitaine de la gendarmerie, petit homme sec aux épaules de boxeur venu en civil à l'enterrement de Marguerite. À la sortie du cimetière, il lui avait posé la main sur l'épaule : *allons, allons, vous n'y êtes pour rien*. Peut-être. Mais ce rien-là pesait son poids de chagrin.

La veille du départ, sa mère a plié soigneusement le linge dans sa valise, puis, sans un mot, recouvert de plastique translucide les livres de la rentrée. Sur le quai de la gare, recroquevillée dans son manteau de laine, évitant le regard de sa fille, elle a murmuré en lui faisant un geste de la main : *ne prends pas froid, appelle quand tu arrives*. Hélène a obéi et, au début, tous les soirs, lui dressait méthodiquement le bilan de sa journée et de ses notes.

Très vite, les vacances de la Toussaint ont réuni la mère et ses deux filles en un étrange happening qui avait consisté à briquer des après-midi entiers la tombe du père à la brosse et à la javel, à planter autour d'elle de nouveaux arbustes, à ouvrir les boîtes de photos pour les classer dans des albums à thème

– anniversaires, Noël, vacances... –, à prier toutes les trois en se tenant la main, comme pour appeler au secours le grand absent.

Une fois, une seule, elle est allée rendre visite au vieux manoir de Marguerite. La branche cassée pendait toujours du vieux platane et la baraque était retournée au vide. Yannick l'achètera un jour, j'en suis sûre, s'était surprise à penser Hélène.

De ces funèbres vacances, Hélène est revenue comme de deux semaines sur Mars, à la fois épuisée moralement et heureuse de retrouver les lumières et les bruits de Paris, effrayée à l'idée de devoir refaire le chemin inverse à la fin du mois suivant.

De fait, les vacances de Noël avaient été lugubres dans cette maison sans père, ni crèche ni sapin. Les trois femmes étaient désormais trois astres suivant des révolutions différentes, se frôlant sans se toucher, se repoussant parfois. Françoise, inscrite en bac pro comptabilité, passait ses journées avec des amies dans le bourg et ses cafés. Hélène, réfugiée dans sa chambre, se noyait dans les innombrables livres à lire pour ses cours. Entre elles, la conversation s'épuisait de plus en plus vite quand elle ne tournait pas à l'aigre-doux. La mère, toujours entre deux siestes, vaquait à d'interminables travaux ménagers en poussant de longs et las soupirs de fatigue.

De retour à Paris, les coups de téléphone s'étaient espacés, Hélène prétextant le saccage de la cabine en bas de chez elle et l'insécurité du quartier pour appeler moins souvent. À Pâques, elle avait opposé l'invitation des parents d'une amie à réviser à la campagne pour ne pas venir.

Puis était tombée la mention très bien au bac qui avait balayé ce qui lui restait d'attaches au Bois d'en Haut. Pour fêter ce résultat, sa mère avait organisé cette soirée dans le jardin. Yannick était passé en coup de vent avec quelques anciens de la classe de première venus admirer le phénomène avant de filer à un fest-noz. Il la regardait comme une étrangère, lui parlant avec une hostilité et une indifférence masquées de politesse, faisant rire toute sa bande en remarquant qu'hypokhâgne sonnait comme une maladie de peau.

Le soleil n'était pas encore couché quand il ne resta plus que sa sœur, légèrement saoule, et sa mère, parfaitement sobre et triste : *quel dommage que ton père ne soit pas là pour fêter ça, il aurait été fier de toi*. Elle voyait distinctement qu'elle n'était plus d'ici, comme une île qui s'était séparée du continent et dérivait vers le large.

Elle n'était partie que depuis dix mois mais, en ce soir de fête ratée, ces dix mois pesaient dix ans et tout lui semblait lointain, étranger, éteint. Seuls deux êtres brillaient encore dans son esprit et lui manquaient, Marguerite et son père.

Marguerite, qui aurait été si fière de ces résultats et dont Hélène aurait tant aimé qu'elle lui prodigue ses conseils de survie dans le monde effrayant de la capitale.

Son père qui écartait les flots et lui avait donné ces briques de confiance qui font les murs derrière lesquels s'abriter.

Le retour

Vingt ans plus tard

De son studio tapissé de livres qui donne sur les séquoias géants et les hêtres pourpres du jardin du Luxembourg, Hélène observe l'horizon et songe à cette enfance en Bretagne, quand la vie se déployait confiante, tranquille, comme l'eau de la source, et devait durer toujours. Humer l'odeur du bois après l'orage, lézarder dans les bottes de foin, cueillir des mûres sauvages dans les talus, le bonheur semblait si simple. Quand elle se cognait à un arbre, Alexine posait sa main sur son front douloureux, frottait, et la bosse disparaissait. Sa sœur l'appelait la « main magique ». À quel moment la main magique avait-elle cessé de guérir les blessures de l'enfance ? À partir de quand les petites entailles étaient-elles devenues profondes cicatrices ?

Un matin arrive par la poste un paquet contenant vingt exemplaires de son premier roman qui raconte leur histoire à tous. Hélène s'assoit, regarde la double pile qui porte son nom. Celui de son père aussi. Et l'empreinte de Marguerite, dans chaque phrase. C'est eux qui ont guidé ses pas vers l'École normale supérieure, l'agrégation de grammaire, puis cette classe préparatoire où elle enseigne à présent. Elle a mis tant de temps à oublier son enfance, s'inventer un présent sans bagages, se créer une autre vie. Et puis un soir, malgré elle, les souvenirs sont revenus, précis et douloureux comme des tirs d'arbalète, et se sont déversés sur un carnet, puis un autre et un autre encore.

Maintenant que cette histoire-là est enfermée dans un livre, elle n'a plus peur. En trois clics, elle achète un billet de train pour Morlaix, elle n'en revient pas que ce soit si simple, que la forteresse qu'elle a construite patiemment ne soit qu'un château de cartes. Et que quinze minutes suffisent pour rejoindre à pied la gare Montparnasse.

Ce jour de novembre où elle revient au village, le soleil brille haut dans le ciel et fait scintiller le lac, comme au temps des beaux jours de son enfance.

Pourtant, tout a changé. À la lisière du bourg, un Super U et des dizaines de pavillons identiques ont poussé sur les vergers et les champs d'autrefois. À la place de l'épicerie, un distributeur automatique, éclairé d'un néon jaune fluo, promet *une pizza comme à la maison en moins de dix minutes*. La vitrine de la pharmacie a dévoré le petit fleuriste voisin et le bassin de la piscine est vide, donnant au camping un air de vieux décor de film qu'on aurait oublié de démonter.

Hélène gare sa voiture de location sur la place et emplit ses poumons de la brise fraîche, comme avant de plonger dans l'étang, avec son père. Puis, elle se dirige vers le cimetière, là où elle allait toujours, après la messe, avec sa mère.

Le cimetière pimpant de son enfance, avec ses tombes fleuries et ses stèles éclatantes, semble abandonné de tous. Les mauvaises herbes cernent les caveaux, des bouquets finissent de sécher, l'humidité a jauni le marbre et verdi le granite, des fourmis rouges s'affairent dans les allées et, partout, des arbustes morts témoignent que nul ne vient plus les arroser. Même ici, on ne parle plus aux morts, songe Hélène. Peut-être a-t-on peur qu'ils nous tendent l'addition ?

À son épaule, son sac contenant les deux exemplaires de son livre lui pèse. Le premier sera pour son père, où qu'il soit, en bas dans son cercueil ou là-haut au paradis. Pour sa mère aussi, qui gît désormais auprès de lui. Hélène se dirige à pas feutrés vers le caveau familial et coince le livre entre le manteau du tombeau et un lourd vase, à l'épreuve des tempêtes. D'ailleurs, une brise se lève, sans doute l'heure de la marée. Un bruit mat, en rafale, la fait sursauter. Le vent tourne les pages, feuillette dans un sens puis dans l'autre, marquant des pauses et des accélérations, comme si une main invisible cherchait un passage.

Pas le temps de s'attarder, le TGV de 17 h 02 n'attendra pas. Et l'ami qui l'invite ce soir au théâtre non plus.

Elle se dirige vers le sentier de la grotte du Diable, le dernier chemin que les pieds de Marguerite ont foulé. Parvenue devant le chêne tricentenaire, elle creuse un trou entre deux racines et y dépose le deuxième exemplaire de son livre emballé dans une boîte à biscuits en fer blanc. La présence de cet arbre lui apporte une tranquillité immense.

Lors de leurs séances de révision pour le bac, Marguerite lui avait parlé d'une civilisation disparue au Mexique, où on ne conjuguait les verbes qu'au présent, où le passé n'existait pas, où, plutôt, était posé à côté du présent et l'imprégnait de son éclat, comme le Soleil éclaire la Terre. Marguerite et son père sont passés de l'autre côté, mais ils vivent encore en elle, comme un petit feu qui ne s'éteint pas.

Au loin, le soleil rouge va bientôt plonger dans le lac. De petits nuages couleur feu passent au-dessus de sa tête. Le chant de la cascade résonne dans l'air humide de la fin du jour. Les oiseaux, tranquilles, s'apprêtent à entrer dans la nuit claire.

Remerciements

À Jean S, lecteur impitoyable et correcteur féroce.
À Françoise L, qui m'a ouvert les portes
de son royaume. À Monique L et Christiane C,
dont les souvenirs sont devenus les miens.
Au docteur Fernand Jacq, dont est librement inspiré le
docteur des pauvres.
À Ricardo C qui m'a prêté ses yeux.
À Fontana T pour son soutien constant.
À Jeanne M et Véronique C, pour leur confiance
et leur professionnalisme.
À Charles et Justine S,
inépuisables sources d'inspiration.
À tous, merci.

13481

Composition
PCA à Rezé

Achevé d'imprimer en Barcelone
par CPI Black Print
le 4 avril 2022

1er dépôt légal dans la collection : avril 2022
EAN 9782290362464
OTP L21EPLN0003166N001

ÉDITIONS J'AI LU
87, quai Panhard-et-Levassor, 75013 Paris

Diffusion France et étranger : Flammarion